KB076329

지구 좀
다녀오겠습니다

지구 좀 다녀오겠습니다

이중현 지음

마음을 움직인 세계 곳곳의 여행 기록

Booksgo

한 줌의 용기

해외라고는 단 한 번도 나가본 적 없던 내가 돌연 세계 여행을 떠나겠다고 선언했다. 주변에서는 걱정과 함께 의문 어린 질문들을 던졌다.

"왜 하필 세계 여행이야?"

세계를 누비며 넓은 시야를 갖고 싶은 이유 때문이 아니었고, 오랜 직장생활의 고단함과 허무함을 떨쳐버리기 위함도 아니었다. 가슴속에 품고 있던 꿈을 이루고 싶었다.

스물세 살에 전역해 곧장 대학교에 휴학 신청서를 제출했다. 그리고 다음 해 모아두었던 돈으로 망설임 없이 첫 해외여행이자 첫 세계 여행을 떠났다.

나의 여행이 얼마나 근사하고 반짝였는지를 풀어내려고 하는 것이 아니다. 여행은 행복의 연속이 아니라고, 기대보다 크

게 실망하기도 하고, 때때로 이해하지 못할 지점들이 나를 힘들게 만들었다고 푸념을 늘어놓는 내용을 책을 읽으면서 발견하게 될 것이다.

SNS에서 수많은 좋아요를 받은 여행지에 가기 위해 불편한 좌석 버스를 수 시간이나 타야 했고, 버스에 몸을 싣고 힘겹게 여행지에 도착하더라도 날씨가 따라주지 않아 하루를 망치기도 했다.

그러나 403일간 35개국 88개 도시를 여행하며 겪었던 수많은 만남과 이별의 순간은 분명 나를 성장시켜주었다. 이별 후 끈질기게 남아 있는 지독한 외로움과 공허함에 힘겨울 때도 있었다. 하지만 넘실대던 이별의 아쉬움과 슬픔은 시간이 흐를수록 점차 잔잔해졌다. 낯선 사람과의 만남과 이별, 사람뿐만 아니라 처음 마주한 장소와의 설레는 만남과 아쉬운 이별 속에서 나는 무언가를 맞이하고 떠나보내는 법을 터득하고, 성숙해질 수 있었다.

어떤 존재와 마주하게 되는 일은 우연인지, 아니면 우연을 가장한 필연인지 잘 모르겠다. 나의 여행 이야기를 풀어내며 다시 한번 그 안에서 만나고 헤어진 모든 존재들을 기억하게 되었고, 그들로 인해 경험할 수 있었던 크고 작은 행복에 대해서도 다시 한번 떠올리게 되었다.

지극히 평범하고, 특별할 것 없던 내가 숨 가쁘게 벅찬 순간을 경험할 수 있는 행운을 누렸다. 티 없이 기쁜 마음을 누려도 되는 걸까 싶을 만큼 여행 곳곳에서 행복을 느꼈다.

당신도 할 수 있다. 만약 당신이 지금 어떤 일을 앞에 두고 망설이고 있다면 그 일을 행동하기 위해 신중하고 있는 것인지, 그게 아니라면 망설이고 있는 것인지 생각해보았으면 좋겠다. 때로는 꽉 쥐고 있던 것을 놓을 수 있는 한 줌의 용기가 더 크고

값진 결과를 가져다주기도 하니까 말이다.

　이제는 사진 속 한 편의 순간으로 남겨진 나의 여행 이야기를 풀어보려 한다.
　나의 이야기가 누군가에게 용기로, 누군가에게 따스한 위로로 닿았으면 좋겠다.

　불확실한 삶에 갇혀 불안에 떨고 있는 당신에게, 그리고 미래의 아이에게 이 책을 바친다.

이중현

contents

화려하지 않아도 특별하게

사소한 행복을 마주하는 방법

여행과 일상, 그 사이 어딘가

언제든지 떠날 수 있도록

이정표가 없는
길 위에서

저마다 품고 있는 별이 있고, 그 별이 반짝이는 시기가
있기 마련이다.
지금 내가 반짝이지 않는다고 해서 움츠러들 필요는
없다.
아직 나의 별은 밤을 맞이하지 않아 연약하게 빛나고 있
을 뿐이니까.
곧 어둠이 깃들어 그 어떤 별보다 아름답게 반짝일 테
니까.

나의
장례식

대한민국

누군가 말했다. 인생에는 정답이 없다고. 그렇다면 인생에 오답 또한 없는 것일까.

스무 살. 아직은 교복이 더 익숙한 나이. 입시에 열심인 친구들 사이에서 그래도 대학은 가야지, 라는 생각으로 성적에 맞춰 전문대에 입학했다. 나름대로 학교생활에 성실히 임해 성적도 나쁘지 않았고, 신입생들의 최대 고민거리인 친구 관계에도 별탈이 없었다. 그러니 돌연 휴학을 신청한 내 선택에 친구들은 '갑자기 왜?'라는 반응이 대부분이었다.

입대를 앞두고 있었지만 학교를 한 학기 더 다닌 후에 입대해도 될 정도의 시간이 남아 있었다.

잠시 쉬는 시간을 가지고 싶었다. 휴학하는 동안 읽고 싶었던 책도 읽고, 평소 가고 싶었던 여행지도 마음껏 다니며 즐거운 시간들로 내 시간을 채우고 싶었다. 하지만 휴학 후 생활은 예상과 달랐다.

즐거운 시간을 꿈꾸며 부푼 마음으로 휴학 신청서를 내던 때와는 정반대였다. 동기들은 강의를 듣기 위해 학교에 가는 시간에 나는 집에만 틀어박혀 의미 없이 하루를 흘려 보내고 있었다. 십 수 년 동안 학교에서 정해놓은 시간표에 따라 움직이기만 하다가 직접 시간표를 짜야 하니 어떻게 해야 할지 몰랐다. 앞으로 어떻게 살아야 할지 아니, 당장 내일은 무엇을 하며 보내야 하는지에 대한 계획조차 없었다.

그런 날이 하루에서 이틀, 이틀에서 사흘, 나흘로 늘어날수록 나 자신을 향한 실망과 좌절감 또한 늘어갔다. 이렇게 시간을 보내자고 휴학한 게 아니었는데.

시간이 지날수록 점점 삶의 구렁텅이로 빠져들고 있다는 기분이 들었다. 어쩌면 처음부터 잘못된 길을 선택한 게 아니었을까? 부정적인 생각은 꼬리에 꼬리를 물고 괴롭히며 놓아주지 않았다.

무엇보다 가장 고통스러웠던 것은 스물이라는 나이에 붙어 있는 '꽃다운 나이', '가장 아름다운 나이'와 같은 부담스러운 수식어였다. 찬란해야만 할 것 같은 스물은 나를 더욱 주눅 들게 만들었다. 단지 열아홉을 벗어났을 뿐인데. 나는 완전한 어른도 아니고, 그렇다고 어리광을 부릴 수도 없는 애매한 경계에 서 있었다.

내가 선택한 자유에 어찌할 바 모르는 나. 누군가가 짠하고 나타나 바로잡아주길 바랐다. 그 누군가가 꾸중이든 조언이든 해준다면 반성하고 하루하루를 조금 알차게 보낼 수 있지 않을까 싶었다. 그러나 그런 일은 일어나지 않았다.
오답의 인생을 살고 있는 것 같았다. 그 종착지에는 과연 무엇이 존재할까.

여느 때와 다름없이 무료한 일상을 보내고 있는데, 문득 한 가지 질문이 머릿속을 스쳐갔다.

'내가 갑자기 죽게 된다면 무엇을 가장 후회할까.'

적어도 무언가에 도전해 실패하는 것보다는 망설이다 아무것도 하지 못한 일들을 더 후회할 것 같았다. 곧바로 책상 한쪽에 놓인 노트를 펼쳐 죽기 전에 이루고 싶은 버킷리스트를 적어나갔다.

다퉜던 친구에게 먼저 사과하기, 좋아하는 사람이 생기면 주저 않고 고백하기, 유재하 LP 소장하기, 부모님께 사랑한다고 말하기, 한 번도 경험해보지 못한 일 해보기, 혼자 전국 여행 떠나기.

그리 대단할 것 없는 사소한 일부터 약간의 용기가 필요한 일까지. 버킷리스트를 모두 쓰고 난 후 용기가 부족해서, 바쁘다는 핑계로 미뤄두었던 버킷리스트를 당장 실행하기로 했다. 그리고 나약한 마음이 또다시 방황하지 않도록 매 순간을 마지막처럼 살아가기로 했다.

스스로 100일 간의 시한부 인생을 살기로, 후회 없는 장례식을 치러야겠다고 결심했다.

세계
여행이라는 꿈

대한민국

버킷리스트에 하나둘 줄이 그어졌고, 마지막으로 남은 버킷리스트는 바로 '혼자 전국 여행 떠나기'였다. 마지막 남은 버킷리스트를 이루기 위해 내일로 티켓을 발권해 열차에 올랐다. 비록 입석이었지만 티켓 한 장으로 일정 기간 지정된 열차를 무제한으로 이용할 수 있는 내일로 티켓은 전국 여행을 계획한 내게 알맞았다.

인터넷에서 열차 스낵바가 있는 칸으로 가면 바닥에 앉아 갈 수 있다는 정보를 본 적이 있었다. 스낵바 칸으로 향했다. 그곳에는 이미 나와 같은 상황의 수많은 여행자들이 있었고, 그들을 따라 나도 차가운 바닥 한쪽에 엉덩이를 붙였다.

영등포에서 출발해 전국 여행의 첫 목적지인 광주에 도착하기까지 수많은 역이 창밖으로 지나갔다.
적어도 여행에서는 정해진 답이 없는 것 같았다. 역에 정차하면 옆에 있는 사람은 짐을 챙겨서 내렸고, 새로운 사람이 열차에 올라타 옆자리를 채웠다. 나 또한 어디에서 내리고 어디에서 다시 올라타더라도 전혀 이상할 것이 없었다.

하루 일정을 모두 마치고 여수에 있는 한 숙소에 들어서자 거실 한쪽에 호스트와 투숙객들이 테이블에 둘러앉아 이야기를 나누고 있었다. 호스트는 조용히 방으로 들어가려는 나를 불러 세우며 함께하자고 제안했다. 낯선 사람과 어울리는 것을 어려워하는 내가 어떻게 그 순간만큼은 고민 없이 다른 투숙객들 사이에 자리를 잡았던지 모르겠다.

고백하자면 나는 만남을 두려워하는 사람이었다. 정확히는 이별이 두려워 만남을 반기지 않는 사람이었다. 어릴 적 사랑하는 부모님의 이혼은 헤어짐에 대한 불안과 집착을 만들어냈고, 그로 인한 상처는 마음 깊숙한 곳에 아로새겨졌다.
세상에 영원히 지속되는 관계는 없다고, 언젠가는 끝나게 된다고. 그래서 누군가와 가까워지는 상황이 오면 일부러 벽을 세

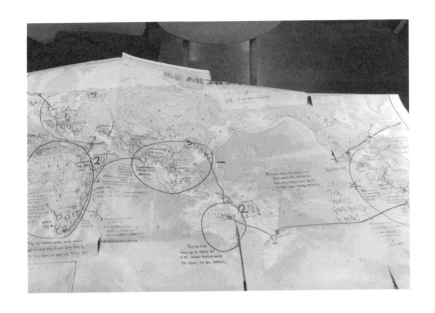

위 마음을 닫는 방어기제를 펼쳤다. 그러나 나는 그날, 오랜 시간 나를 괴롭혀왔던 트라우마를 딛고 일어섰다.

어색한 자기소개 시간이 끝나고, 여행을 떠나게 된 이유에 대해 이야기를 나눈 후 우리는 아무에게도 말하지 못했던 고민에 이어 자연스럽게 삶에 대한 대화를 하게 되었다.

그렇게 시간 가는 줄도 모르고 이야기가 무르익을 수 있었던 이유는 어쩌면 우리가 처음 만난 사람들이고, 앞으로 평생 보지 못할 사람들이라는 이상한 안정감 때문이었을 것이다. 우리는 밤새 술잔을 기울이고 다 함께 해돋이를 본 후 각자의 여행길에 올랐다.

여수에서의 하루는 헤어짐이란 끝이 아닌 새로운 시작을 위한 하나의 여정이라는 것을 느끼게 해주었다. 만남과 이별은 여행지에 도착하고, 떠나는 일처럼 자연스러운 일임을 알게 되었다. 여행이 주는 이별의 자연스러움, 그 방식이 퍽 마음에 들었다.

전국 여행을 마치고 일상으로 돌아온 나는 여행의 매력에 완전히 매료되었고, 그때부터 머릿속에는 누구나 한 번쯤 품어봤을 세계 여행이라는 단어가 어른거렸다.

한 치의 망설임 없이 세계 여행이라면 내 이십 대를 기꺼이 바쳐도 되겠다는 확신이 생겼다. 세계 여행이라는 꿈이 생겼다.

빨간 날이 없는
달력

대한민국

　　보통 1년 동안 세계 여행을 떠나기 위해서는 약 2,500만 원
정도의 비용이 든다고 한다. 물론 여행 스타일이나 어떤 여행지
를 가느냐에 따라 차이가 나겠지만.

　　세계 여행을 떠나기 위한 금액으로 2,500만 원을 잡았다. 그
러나 이제 막 전역한 내 통장에 그런 큰돈이 있을 리가. 군대에
서 마지막으로 입금된 월급 20만 원이 전부였다. 그러나 여행을
떠나고자 하는 간절함과 열정이 가득했기에 목표한 돈을 모을
수 있다고, 모아야겠다고 다짐했다.

며칠 동안 구직 사이트를 드나들며 급여를 많이 주는 곳을 찾아 운 좋게 와인 레스토랑에서 근무하게 되었다. 하지만 의욕이 넘치다 못해 과한 탓이었을까. 2개월 만에 링거를 맞아야 할 정도로 건강이 악화되어 일을 쉬어야 했다. 그러나 세계 여행을 떠나기 위해서는 아파서 누워 있는 시간마저 아까웠다.

몸을 회복하자마자 다시 구직 사이트를 뒤적여 이번에는 루프탑 바에 지원서를 넣었다. 오픈한 지 얼마 되지 않았고, 야간에 하는 일이라 시급이 더 높았기에 연락을 받고 고민 없이 면접을 보러 갔다.

사장님은 오렌지 주스 한 잔을 내어주며 대뜸 내게 꿈이 무엇이냐고 물었다.

"세계 여행이요."

가방에 있던 노트 한 권을 펼쳐 사장님에게 보였다. 세계 여행이라는 꿈을 꾸기 시작한 이후로 군 생활을 하며 작성해놓은 노트였다. 사장님은 잠시 동안 흐뭇한 미소로 노트를 바라보더니 함께 가게에서 일하는 것이 어떻겠느냐고 말했다.

주말 아르바이트로 시작해 직원을 거쳐 실장에 이르기까지

많은 것을 보고 배우며 악착같이 돈을 모았다. 1년이 넘는 기간 동안 일하며 10일 정도밖에 쉬지 못했으니 부끄럽지만 이 정도면 악착같이 노력했다고 인정할 만하지 않을까.

몸은 천근만근이었지만 하루하루가 지날 때마다 여행을 떠나는 날이 머지않았다는 생각에 마음만은 즐거웠다.

마침내 통장에 예상 금액을 훨씬 뛰어넘는 3,000만 원이라는 돈이 쌓였을 때, 말레이시아로 향하는 비행기 티켓을 예매했다.

2017년 11월 22일. 한국을 떠나 말레이시아로 향하는 그날부터 403일 간의, 꿈에도 그리던 세계 여행의 시작이 기다리고 있었다.

세계 여행의 시작이 기다리고 있었다.

이륙,
내가 없는 그곳으로

대한민국

이날을 얼마나 기다렸는지 모른다. 상상 속에서 계획했던 대로 아침에 눈을 뜨자마자 집 청소를 하기 시작했다. 중요한 일을 앞두고 집을 청소하는 습관이 있어서였다.

어렸을 때부터 친구를 집에 초대하려 하지 않았다. 친구를 집에 들이는 일에 엄청난 용기가 필요했다. 부모님의 이혼이 가장 큰 이유였고, 엄마의 빈자리를 행여 친구에게 들킬까 싶어 언제나 단정한 옷을 입고 깨끗이 집을 청소했다.

집 청소를 마치고 빠진 게 없는지 한 번 더 점검했다. 그리고

앞으로 네 번의 계절이 바뀌어야

다시 이곳에 돌아오겠지.

김이 모락모락 피어나는 된장찌개를 사이에 두고 아빠와 마주 앉아 여행 전 마지막 식사를 함께했다.

아빠에게 이런저런 대화를 걸며 식사를 이어나갔다. 아빠의 걱정스러운 마음을 조금이나마 안심시키기 위한 내 나름대로의 배려였다고 할까. 겉으로 내색하지 않지만 언제나 아들 걱정인 아빠인데, 그런 아들이 세계 여행을 떠난다고 하니 속으로 또 얼마나 걱정하고 있을까 싶었다.

식사를 마치고 아빠와 포옹을 나눈 뒤 내 키의 절반만 한 배낭을 등에 업고 인천 공항으로 향했다. 생활이 묻어 있는 가게, 거리를 지나는데 어쩐지 그날은 모든 것이 낯설고 새롭게 다가왔다.

'앞으로 네 번의 계절이 바뀌어야 다시 이곳에 돌아오겠지.'

비행기는 미련 없이 땅을 박차며 힘차게 솟아올랐고, 눈 깜짝할 사이에 구름 위를 내달렸다.

7시간 동안 이코노미 좌석에서 불편함을 참고 도착한 곳은 쿠알라룸푸르_Kuala Lumpur_ 공항이었다.

11월의 말레이시아는 한국과는 반대로 숨이 턱 막힐 정도의

더위가 도사리고 있었다. 공항에 도착하자마자 입고 있던 외투를 벗어 배낭에 넣었다. 그리고 공항 컨베이어 벨트에서 위탁한 배낭을 발견한 순간 뭔가 잘못됐다는 생각이 들었다.

배낭 바닥이 축축하게 젖어 있었다. 무슨 일인가 싶어 한국에서 정성스레 여며온 배낭을 들추자 문제의 원인이 보였다.

뚜껑 열린 샴푸. 젠장. 여행 첫날부터 이게 무슨 일이야. 귀찮고 골치 아픈 상황에 기분이 상했지만 이제 겨우 여행 첫날이었다.

눈살을 찌푸리게 만드는 일도 훗날 되돌아보면 소소하고 웃어넘기는 에피소드로 기억되겠지. 심호흡을 하며 솟아오르는 짜증을 털어내려 했다.

11월의 말레이시아는 덥고, 습하고, 끈질긴 모기떼들과 함께했지만 꿈에도 그리던 여행지에 왔다는 사실만으로도 충분히 행복했다.

  내가 누군지 아무도 모르는, 내 흔적이 어디에도 없는, 새로운 만남만이 기다리고 있는 이곳에서 여행자라는 내 모습이 너무나 마음에 들었다.

여행자라는
새로운 이름

낯선 장소, 낯선 언어, 낯선 사람… 모든 것이 낯선 여행
지에서 나는 철저히 혼자가 된다.
혼자인 시간 위에서 여행자는 자신에게 온전히 집중하
게 된다.
자신이 얼마나 다양한 표정을 지을 수 있는지, 예기치
못한 상황에서 어떻게 행동하는지 알게 된다.
여행은 그간 몰랐던 나의 뒷모습을 만나러 가는 여정일
지도 모른다.

여행 중
인상을 남기는 것

태국

말레이시아와 태국을 잇는 국경 도시 핫야이*Hat Yai*에서 출발한 버스는 15시간 동안 시커먼 매연을 뿜으며 달렸고, 마침내 태국의 수도인 방콕*Bangkok*에 도착하고 나서야 멈춰 섰다.

버스에서 내린 시각은 새벽 5시. 방콕의 거리는 차가웠다.
예약해놓은 숙소도 없이 알지도 못하는 거리 한복판에 놓였으니 이제 어디로 가면 좋을까. 당장 숙소를 잡기에는 인터넷이 문제였고, 그렇다고 숙소를 잡지 않자니 당장 마땅히 갈 곳도 없었다.

이러지도 저러지도 못하고 있던 그때, 내 앞으로 누군가 다가왔다. 같은 버스를 타고 온 태국 여자였다.

"어디 가려고?"
"모르겠어. 일단 카오산 로드*Khaosan road*에 가려고 하는데⋯⋯."
"예약해놓은 숙소는 있어?"
"아니. 아직⋯⋯."

그녀는 내 말을 듣고 잠시 고민하는 듯하더니 자신의 집에 방이 있다며 괜찮다면 함께 가자고 말했다. 이제 막 여행을 시작한 나는 아무 조건 없는 그녀의 제안이 의심스러웠다. 그렇지 않고서야 휴게소에서 잠깐 마주친 게 전부인, 자신과는 아무런 연고도 없는 나를 왜 집으로 들이겠다는 거지?

의심과 경계의 눈초리를 풀지 않고 그녀의 제안을 거절하려던 찰나, 그녀의 뒤에서 쑥스러운 듯 몸을 숨기고 있던 여자아이와 눈이 마주쳤다. 밤색으로 그을린 피부, 사슴처럼 크고 맑은 눈, 티 하나 묻지 않은 순백의 미소, 그 사이로 보이는 귀여운 덧니 두 개. 러키의 딸, 펜이었다. 펜을 보는 순간 의심스러웠던 마음은 완전히 사그라들었다.

길 잃은 내게 말을 걸어준 그녀의 이름은 러키였다. 러키는 헬로 키티 캐릭터로 가득한 방으로 나를 안내하며 이곳이 펜의 방이라는 설명을 덧붙였고, 방에 짐을 풀기도 전에 러키는 내게 두 번째 제안을 건넸다. 자신이 지금 휴가 기간이니 함께 방콕을 여행하자고 말이다.

그렇게 나와 러키, 펜까지 우리 셋은 자그마한 자동차를 타고 방콕 곳곳을 돌아다녔다. 아픈 역사를 간직한 아유타야Ayutthaya 부터 이색적인 풍경의 수상시장, 방콕에서 가장 맛있는 똠양꿍을 파는 로컬 식당까지. 이들과 함께하는 시간이 길어질수록 방콕이라는 장소가 주는 행복감보다 낯선 방콕에서 러키, 펜과 함께할 수 있다는 행복감이 내게 더 크게 와닿았다.

다음 날, 러키의 아버지가 있다는 수도원으로 향했다. 수도원에 들어서자 인자한 인상의 남자가 우리를 반겼고, 그가 바로 러키의 아버지였다.

"안녕하세요."

수도승 생활을 하며 의사로도 활동하고 있다는 러키의 아버지는 내가 한국에서 왔다고 하자 몇 번의 시도 끝에 안녕하세요, 라며 인사했다.

태국어라고는 아주 간단한 인사 정도만 아는 게 전부였던 나는 그들 사이에 끼여 알아듣지 못하는 대화를 어색하게 듣고 있어야 했다. 그러나 그 시간이 싫지 않았다. 방콕 여행 동안 러키와 펜은 내게 소중한 사람이 되어 있었고, 그들에게 있어 소중한 사람을 만나는 일은 내게도 즐거운 일이었다.

러키의 아버지와 헤어지기 전, 그는 내게 태국에 다시 오게 된다면 언제든 이 수도원에서 지내도 된다고 말했다. 그 한마디에 담긴 온기가 너무나도 따스했다.

시간은 어느새 우리를 이별 앞으로 올려놓았다. 러키와 펜은 혹여 내가 길을 잃을까 걱정된다며 다음 목적지에 예약해둔 숙소 앞까지 직접 운전해 데려다주었다.

발걸음이 얼마나 무거웠던지 우리는 일부러 목적지를 앞에 두고 몇 번 길을 돌고 돈 뒤에야 차를 세울 수 있었다. 마침내 마지막 인사를 주고받았다. 마음을 꾹꾹 눌러 담아 러키와 펜에게 전했다.

"함께했던 시간을 절대 잊지 못할 거야. 좋은 추억을 만들어줘서 고마워."
"잭, 우리도 너와 함께한 시간을 절대 잊지 못할 거야."

자동차는 코너를 돌아 시야에서 사라졌다. 그들과 마지막 인사를 나눴던 그 자리에 서서 이별이 남긴 여파에 한참을 휩쓸려 있어야 했다.

짐을 푸는데 배낭 안에 한껏 눌린 찰흙이 있었다. 펜과 함께 공기놀이를 하기 위해 찰흙으로 빚은 공깃돌이었다. 그 순간, 겨우 억눌렀던 감정의 파도가 더 크게 몰아쳐 연약해진 마음을 거세게 덮쳤다.

이별 이후 우리는 지속적으로 서로의 일상을 공유했다. 여행지를 옮길 때마다 잘 나온 사진 몇 장을 추려 러키에게 보냈고, 러키는 펜과 함께 찍은 사진을 이따금 내게 보내주었다. 사진

속 펜이 점점 성장하는 모습을 보며 즐거우면서도 한편으로는
사진으로밖에 만나지 못해 아쉽고, 그리웠다.

　어쩌면 여행에 대한 인상은 여행지가 결정하는 것이 아니라
그 안에서 만난 사람들로 인해 물들어가는 것이 아닐까. 그런
의미에서 방콕은 러키와 펜으로 가득 칠해진 도시일 테다.

당신의 그림자를
본 적이 있나요

태국

치앙마이(Chiang Mai)에서 빠이(Pai)로 향하는 3시간, 여기저기서 속을 게워내는 소리가 끊이지 않아 결국 이어폰을 꼈다. 차는 사고가 나지 않는 것이 기적일 만큼 곡예를 하듯 아슬아슬하게 700여 개가 넘는 크고 작은 커브 길을 넘었다. 평소 멀미를 잘 하지 않는 나조차도 버티기 힘들 정도였다. 그때 자신은 상관없다는 듯 15분만 더 가면 목적지에 도착한다며 즐거워하는 옆자리 미국인이 얼마나 밉던지.

그렇게 험난한 길을 거쳐 빠이에 도착했을 때, 여기저기서 안도의 한숨과 함께 탄성이 터져 나왔다.

　당일치기로 계획했던 빠이에 5일이나 머무를 수밖에 없었던 이유는 빠이에 도착하기까지 여정이 고되서가 아니었다. 분명 지금까지도 치앙마이에서 빠이로 향하던 그 길이 내 생애 최악의 루트로 기억되지만, 빠이라는 도시가 가진 표정이 정말 인상적이고 편안했다.

　빠이는 파리Paris나 런던London처럼 특별한 랜드마크가 있는 곳은 아니다. 그런 것을 기대하고 빠이 여행을 계획한다면 오히려 실망만 가득 안게 될지도 모른다.

　높지 않은 콧대에, 날렵하지 않은 턱선, 그저 그런 평범한 얼굴. 그래서 빠이는 거북하지 않고 편안하다. 파리나 런던에서는 아무것도 하지 않고 가만히 있으면 괜스레 조바심이 나는데, 빠이는 아무것도 하지 않는 여행의 매력을 알려준다. 이곳에서 나는 세상에서 가장 느긋한 사람이 되었고, 내 그림자가 어떻게 생겼는지 멍하니 바라보게 되었다.

빠이에서 해야 할 일
1. 세상에서 가장 느긋한 사람 되기
2. 야시장 음식 먹으며 여유롭게 거닐기
3. 피아노 연주가 흘러나오는 펍에 들어가 칵테일 마시기
4. 내 그림자가 어떻게 생겼는지 보기

고개를 들어 하늘 한 번 올려다보기 힘들 만큼 각박하고 치열한 세상이라는데, 굳이 내 그림자가 어떻게 생겼는지 알 필요가 있을까.

그러나 당신 곁에 아무도 없다는 생각에 지쳐 있다면, 지독한 외로움과 쓸쓸함에 세상이 어둠처럼 느껴진다면 힘을 빼고 고개를 내려 자신의 그림자를 봤으면 좋겠다.

혼자가 아니라고, 언제나 당신 곁에는 지금까지의 모든 여정을 함께해온 깊은 그림자가 있다는 사실을 잊지 않았으면 한다.

아무것도
하지 않을 용기

라오스

2017년의 마지막 날, 새해를 하루 앞두고 라오스 루앙프라방Luang Prabang의 여행자 거리인 시사방봉 거리Sisavangvong Road에 차량 통제가 이뤄졌다. 그렇지 않아도 조용한 거리에 차량마저 끊기니 차분함은 배가 되었다.

며칠 동안 열심히 돌아다닌 탓에 어젯밤부터 시작된 두통은 사라지지 않고 되레 심해졌다. 약을 먹었지만 도무지 나을 기미가 보이지 않아 하는 수 없이 계획해놓은 모든 일정을 뒤로하고 피로를 풀기 위해 마사지 숍을 찾았다.

나아가는 것만큼이나
쉬는 것 또한 중요하다.

따뜻한 물로 깨끗하게 발을 씻은 뒤 침대에 누워 마사지를 받았다. 잔잔하게 흐르는 음악과 마사지사의 부드러운 손길에 스르르 눈이 감겼다. 그리고 마사지를 모두 받은 후에는 신기하게도 약을 먹어도 호전되지 않던 두통이 조금씩 가라앉기 시작했다.

내게 필요했던 것은 진통제가 아니라 쉼이었을까. 나름대로 여유롭게 여행을 즐기고 있다고 생각했는데, 돌이켜보니 항상 무언가를 하고 있던 듯했다. 특히나 라오스 여행의 꽃이라는 루앙프라방에 와서 아무것도 하지 않고 시간을 보낸다는 게 두려웠던 것 같다.

일상에서 벗어나 쉼을 주기 위해 여행을 떠난다고들 하는데, 이상하게 여행은 '언제 또 와보겠어.' 하는 마음이 앞선 나머지 우리는 아무것도 하지 않는 여행 스타일을 잘 택하지 않는다. 그러나 그런 때일수록 다시 한번 되뇌어야 한다.

'나는 여행하는 중이다.'

여행길 위에서는 나아가는 것만큼이나 쉬는 것 또한 중요하다. 쉼을 주지 않으면 언젠가 탈이 나서 모든 일정을 망치게 될 테니까. 그런 의미로 새벽에 푸시 산 Mount Phousi 으로 새해 일출을 보러 가겠다는 의무감을 살짝 내려놓았다. 대신 맥주 한 캔과 좋아하는 감자 칩을 사서 달이 잘 보이는 곳에 앉아 사랑하는 이들을 떠올리는 것으로 계획을 수정했다.

너, 꼭
독수리 같았다니까

네팔

여행을 떠나기 전, 어느 여행 도서에서 보기를 네팔 카트만두*Kathmandu* 근처에 세계에서 두 번째로 높은 번지점프대가 있다고 했다. 보기만 해도 손에 땀을 쥐게 만드는 높이였다.

그런데 무슨 이유에서였을까. 만약 네팔에 간다면 꼭 저곳에서 번지점프를 해봐야겠다는 생각이 들었다.

상상은 현실로 이루어지기 직전이었다. 불면증이 있는 것도 아닌데 번지점프를 하루 앞두고 잠을 이루지 못한 탓에 커피를 한 번에 들이켠 듯이 심장은 요동쳤고, 심장 박동이 쿵쿵거리며 귀를 울릴 정도였다.

만약 네팔에 간다면 꼭 저곳에서

번지점프를 해봐야겠다는 생각이 들었다.

수많은 사람을 상대했을 직원은 약간의 위트를 섞어가며 번지점프 시 안전 수칙과 행동 요령에 대해 설명했다. 나를 포함한 번지점프 참가자들은 한마디라도 놓칠 새라 직원의 말에 귀를 기울였다.

몸무게 순서대로 번지 순서가 정해졌다. 세 번째 순서. 바로 앞 순서인 미국인이 천국과 지옥을 오가듯 하느님과 욕설을 번갈아 내뱉더니 이내 눈물을 보이며 주저앉았다.

번지점프대에서 뛰어내리지 못해 울음을 터트린 그를 보며 우습다고 놀리는 사람은 아무도 없었다. 160미터에 육박하는 흔들다리 위에서 뛰어내리라는데, 울고 싶지 않은 사람이 있을까.

고군분투 끝에 미국인이 번지에 성공하고, 드디어 내 차례가 다가왔다.

발목에 생명과도 같은 로프를 단단하게 묶었다. 제대로 묶였는지 확인하고, 또 확인했다. 모든 준비가 끝났는데, 마음은 준비가 덜 되었는지 도무지 맨 정신으로는 허공에 발을 내밀 수가 없었다. 그때 들려오는 소리.

"셋! 둘! 하나!"
"잠깐!"

타들어가는 속도 모르고 카운트를 세는 직원. 그의 말을 자르고 잠시 거친 숨을 내쉬었다. 심장 박동은 최고조에 이르러 가슴이 터질 것만 같았다.

'그래. 이왕 뛰는 거 멋지게 뛰자.'

마음을 다잡았지만 한편으로는 정말 뛸 수 있을까, 하는 의심이 피어올랐다. 직원은 다시 카운트를 외쳤다.

"셋! 둘! 하나! 번지!"

크고 깊게 호흡을 내쉰 후 허공을 향해 발을 굴렀다. 몇 초 사이에 몸은 아무런 저항도 받지 않고 재빠르게 아래로 빨려 들어가다 금세 다시 튕겨 올랐다. 줄에 매달려 목이 터져라 소리를 질렀다. 살았다는 것에 대한 기쁨 때문이었을까, 해냈다는 성취감 때문이었을까.

번지점프를 마치고 다시 다리 위로 올라갔을 때, 참가자들은 엄지를 추켜들며 말했다.

"너 진짜 멋있었어. 꼭 독수리 같았다니까!"

태극기 청년,
히말라야에 오르다

네팔

저 멀리 보이는 새하얀 설산과 깎아내린 협곡. 히말라야 Himalayas. 이곳에서 마주치는 사람들은 이렇게 인사를 건넨다.

"나마스떼Namaste."

네팔 포카라Pokhara에서 시작되는 히말라야 트래킹 코스에는 여러 갈래가 있다. 평소 등산을 즐기지는 않지만 초보자도 큰 어려움 없이 오를 수 있다고 하기에 안나푸르나Annapurna에 베이스캠프가 있는 ABC 트래킹을 나서게 되었다.

그러나 막상 트래킹에 올라 한 걸음 한 걸음 내딛을 때마다

그동안 내가 얼마나 등산을 몰랐는지, 초보자가 되는 것이 생각보다도 훨씬 더 어려운 일임을 알았다.

6박 7일 간의 트래킹 일정. 아마 혼자였다면 금방 포기하고 돌아섰겠지. 그러나 함께 걸음을 맞췄던 형님들 덕분에 어려운 길을 헤쳐 나갈 수 있었다.

2시간 동안 쉬지 않고 돌로 된 오르막길을 걸은 탓에 허벅지와 심장은 터질 듯 요동쳤고, 만신창이가 된 나를 비웃듯 끝이 보이지 않는 산은 '이봐, 아직 첫날이야.'라며 약 올리고 있었다.

그렇게 몇 시간을 더 올라 해가 지기 전에 울레리 Ulleri에 있는 히말라야 쉼터인 로지에 도착해서야 어깨를 짓누르던 배낭을 내려놓을 수 있었다.

　배낭을 내려놓자 어깨와 등에 땀자국이 선명하게 드러났다. 앞만 보고 걷기에 바빠 이야기를 나눌 겨를이 없어 그제야 나는 로지까지 함께 온 이들과 둘러앉아 이야기를 나누기 시작했다.

　한 달간 네팔과 인도를 여행하기 위해 떠나왔다는 주혁 형님과 승철 형님, 동현 형님, 대학교 방학 기간을 이용해 여행 중이라는 존슨, 해병대 출신의 선일 형님까지. 우리는 급하게 구한 럼과 콜라로 럼주를 만들어 마시며 밤이 짙어지도록 고된 하루의 피로를 풀어냈다.

　단단하게 굳은 다리 알이 조금은 익숙해진 트래킹 3일차, 산을 오르며 정말 많은 한국인과 마주쳤다. 대부분이 중년층이라는 점이 조금은 신기했다. 배낭에 꽂혀 있는 태극기를 보고 그들은 내 곁을 지나치며 따뜻한 응원의 말을 덧붙였다.

　"배낭도 무거울 텐데 나라를 짊어지고 가려니 얼마나 힘들겠어."

　'태극기 청년'이라는 멋진 별명까지 지어주고 떠난 한 중년분의 말이 아직까지도 또렷하게 기억이 난다.

　이후 히말라야에 이르는 길이 아득해 포기하고 싶어질 때마다 바람에 펄럭이는 태극기가 주는 경건함과 태극기 청년이라는 말이 주는 힘 덕분에 포기하지 않고 한 걸음 내딛을 수 있었다.

트래킹 4일차. 6박 7일 일정 중 절반을 지나가고 있었고, 함께했던 형님들과의 마지막을 앞두고 있었다.

해낼 수 있다는 용기와 자신감을 심어준 사람들. 우연한 만남이었지만, 형님들 덕분에 숨이 턱밑까지 차오를 때마다 다시 한번 앞으로 나아갈 수 있었다.

형님들과의 이별이 더욱 아쉽게 다가왔다. 인사가 길어질수록 이별은 더욱 힘들어지기에 우리는 서로 힘내라는 말을 끝으로 각자의 길을 향했다.

담담하고 수월하게 이별을 건너왔다고 생각했는데, 누군가의 부재를 차분하게 받아들이기엔 나는 아직 어렸다. 무거운 배낭은 견딜 만했지만, 그 위에 얹어진 외로움의 무게는 감당하기 어려웠다. 히말라야 한가운데 혼자 덩그러니 놓인 듯한 기분이 들었고, 혼자 지도를 보고 방향을 잡아 걷다보면 형님들의 빈자리가 그토록 크다는 사실에 슬픈 마음이 일었다.

　포기하지 않고 꿋꿋하게 걸음을 쌓아 마침내 최종 목적지인 ABC에 도착했을 때 눈시울이 붉게 물들었다. 끝까지 해낸 나 자신이 대견해서, 눈앞에 펼쳐진 풍경이 너무나 아름다워서 나도 모르게 눈물이 흘렀다. 파노라마처럼 펼쳐진 절경을 담을 수 있는 가장 좋은 카메라는 두 눈이라는 생각에 사진 찍기를 멈추고 한참 동안을 온전히 눈앞의 풍경에 집중했다.

　네팔에서는 산을 오를 때 습관적으로 '비스타리Bistari'라는 말을 하는데, 이는 '천천히'라는 뜻으로 무리하지 말고 쉬었다 가라는 의미다. 또한 땅만 내려다보며 서둘러 가지 말고 주변에 펼쳐진 풍경을 즐기며 가라는 뜻이 내포되어 있기도 하다.

　중요한 것은 목적지까지 얼마나 빨리 가느냐가 아니라 어떻게 가느냐이다.
　히말라야를 오르며 우리의 삶 또한 산을 타는 것과 크게 다

르지 않다는 생각을 했다. 살아가다보면 오르막도 있고, 내리막
도 있기 마련이다. 하지만 힘에 부치는 오르막길 중에도 아름다
운 풍경을 마주할 수도 있고, 허탈한 내리막길 중에서도 응원이
되어줄 눈부신 풍경이 펼쳐질 수도 있다.

그러니 너무 서두르지 말고. 비스타리.

영원한 죽음의
바라나시

인도

히말라야 트래킹의 거점이 되는 포카라*Pokhara*에서 버스를 타고 7시간. 네팔과 인도의 국경 지대인 소나울리*Sonauli*에 도착했다.

버스에서 내리자마자 예상했던 대로 삐끼와 시끄러운 클랙슨 소리가 가장 먼저 반겼다. 무사히 네팔 출입국 심사를 마치고, 인도 출입국 심사를 남겨두고 있는데 느닷없이 정전이 되어 컴퓨터가 다운되었다는 이야기가 들려왔다.

직원에게 다가가 오늘 출입국 심사가 가능한지 물었다. 직원은 태평한 표정을 지으며 '노 프라블럼'이라는 말만 되풀이했다. 결국 소나울리에서 꼼짝없이 3시간을 기다린 후에야 야간 버스에 몸을 실어 인도 바라나시 _Varanasi_ 로 떠났다.

긴 이동 시간과 경유지에서의 기다림으로 피곤이 쌓일 대로 쌓인 탓에 버스에서 잠을 청하려 했지만, 마음대로 되지 않았다. 불편한 좌석은 둘째 치고 버스는 폭주하듯 내리막길을 내달렸고, 속도를 줄이지 않아 과속방지턱을 넘을 때마다 천장에 머리를 부딪쳐야만 했다. 제아무리 잠자리가 둔한 사람일지라도 잠에 들 수 없는 상황이었다.

길고도 길었던 12시간의 고비를 넘겨 도착한 바라나시. 바

라나시의 첫인상은 바라나시로 향하던 과정만큼이나 충격적이었다.

도시를 가로지르는 갠지스*Ganges* 강에서 목욕과 빨래를 하는 사람들, 아무렇지 않게 그 옆을 지나가는 소와 염소, 그 뒤로 떠오르는 태양. 전혀 조화롭지 않은 것들이 한자리에 모여 다른 세상에 있는 듯한 착각을 불러일으켰다.

히말라야 트래킹에서 만난 형님들이 바라나시에 있다는 소식을 듣고 형님들과 재회해 갠지스 강에서 일몰을 감상할 수 있는 보트 투어를 함께했다.

보트는 어둠이 내려앉은 갠지스 강 위를 천천히 유영했다. 갠지스 강변에 있는 돌계단인 가트*Ghat* 주변에서 불꽃이 피어올랐다. 바라나시에서 한국인을 상대로 보트 투어를 운영하는 인도인 철수는 그 광경이 익숙한 듯 덤덤하게 사람들이 화장을 하는 중이라고 설명했다. 인도인들이 갠지스 강에서 화장을 하는 이유가 무엇일까.

"여기에서 화장을 하면 죽은 자가 다시 태어나지 않는다고 믿거든."

법적으로는 금지되긴 했지만, 인도에는 여전히 직업에 따라 사람을 구별하는 카스트 제도가 남아 있다. 다시 태어나면 카스트 제도의 최하위층 계급인 수드라나 짐승으로 태어날 수도 있기 때문에 사람들은 화장을 하면서 부디 다음 생은 없기를 바란다는 것이다.

어느 시대에서나 죽음은 풀리지 않는 수수께끼다. 나 또한 죽음에 관련된 책이나 영상을 찾아보며 죽음에 관해 자주 생각하곤 하는데, 물리학자인 김상욱 교수님의 말이 깊은 인상을 남겼다.

우주적으로 보면 살아 있는 것보다 죽어 있는 것이 더 보편적이다. 단지 지구라는 행성에서 그 흔치 않은 삶이 무수히 모여 있기 때문에 우리는 삶이 보편적이라고 생각하며 살 뿐.

그가 말하는 죽음이란 살아 있다는 부자연스러운 상태에서 더 자연스러운 상태로 가는 하나의 여정이라고 한다. 삶과 죽음이 공존하는 바라나시에서 나는 내게 물음을 던졌고, 이러한 답을 내렸다.

여행에서의 이별처럼 죽음 또한 자연스러운 것이 아닐까. 삶의 끝은 죽음이기 때문에 삶의 허무함, 허탈감에 빠질 것이 아니라 반드시 죽기 때문에 매 순간을 소중히 해야 하지 않나 싶다.

붉은 피의
의미

인도

바라나시*Varanasi*에서 아그라*Agra*, 그리고 델리*Delhi*를 거쳐 다음 목적지는 인도의 조드푸르*Jodhpur*. 예약한 조드푸르 행 열차가 출발하기까지는 1시간 남짓 여유가 있었다. 넉넉하게 시간을 잡고 나왔다고 생각했는데 예상치 못한 델리의 교통 정체에 발이 묶였다. 이대로라면 열차를 놓치게 된다.

걸어가기에는 길이 복잡하고 시간도 촉박해 인력거인 릭샤*Rickshaw*를 타기로 했다. 기사들은 이방인인 내게 돈을 더 받아내려 터무니없는 가격을 제시했다. 시간에 쫓기는 와중이었지만 그런 말도 안 되는 가격을 지불할 수는 없었다. 조금이라도 가격을 깎기 위한 나와 기사 간의 신경전이 이어졌다.

그때, 그 사이를 비집고 누군가 들어와 말을 걸었다.

"어디로 가려고?"

"올드 델리 역으로. 기차가 6시에 출발하거든."

"그렇다면 지하철을 타고 가는 게 더 빠르고 저렴해. 나를 따라와."

크고 단단한 눈동자를 가진 그는 같은 남자가 봐도 매력적인 인상을 가지고 있었다. 세상에 공짜는 없다는 웃지 못할 말처럼 이유 없이 시작한 호의는 꼭 마지막에 음흉한 목적을 드러내곤 하기에 그의 호의를 온전히 받아들이기 어려웠다. 그곳이 인도였기에 더욱 그러했다.

하지만 그의 뒤를 따르는 것 외에는 별 도리가 없었다. 무언가에 이끌리듯 이름도 모르는 그를 무작정 따라간 것은 아무래도 기차를 놓치면 안 된다는 절박함이 컸다.

델리의 여행자 거리인 빠하르간지Paharganji에서 올드 델리 역의 열차 플랫폼 바로 앞에 도착했다. 잠시 그의 호의를 의심했던 내가 부끄러웠고, 그에게 고맙다는 인사를 건네자 그는 자신의 임무를 마쳤으니 할 일은 끝났다는 듯 등을 돌렸다.

"잠깐만. 이름이 뭐야?"

"바슈. 너는?"

"나는 잭이야. 타이타닉의 잭. 그런데 왜 나를 도와준 거야?"

"많은 여행자들이 몇몇 나쁜 인도인 때문에 힘들어해. 그들을 위해 도움을 준 것뿐이야. 그리고 힌두에서는 '손님은 신이다'라고 가르치거든."

짧은 대화를 끝으로 바슈는 다시 등을 돌려 걸어갔다. 어떻게 자신과 관련이 없는 낯선 이방인에게 대가 없는 도움을 줄 수 있었을까. 나라면 그렇게 할 수 있었을까. 그 질문에 나는 선뜻 대답하지 못하고, 그렇기에 바슈의 행동에서 더 크고 값진 교훈을 얻었다.

그의 도움 덕분에 출발 시간에 임박해 열차에 오를 수 있었지만, 우습게도 열차는 역에서 2시간 동안 연착되었다.

인도 열차는 영화 〈설국열차〉에서처럼 열차 칸마다 등급이 뚜렷하게 나뉘어져 있다. 그중 내가 이용한 슬리핑 칸은 한 평 정도 되는 면적에 여섯 명이 누워 자야 하는 구조였다. 좁은 공간은 고사하고, 퀴퀴한 땀 냄새와 창문 틈 사이로 들어오는 바람 때문에 제대로 누워 있기도 힘들었다. 게다가 하필이면 3층 중 가운데 층을 배정받아 어찌어찌 몸을 욱여넣고 눈을 감아야 했다.

"안녕. 어디에서 왔어?"

이방인이 신기한지 끊임없이 관심을 보이는 인도인에게 성의 있게 답할 힘이 남아 있지 않았다. 인도 여행이 어땠는지 묻는 그들에게 간단하게 답변하고 마저 휴식을 취하려는데, 상대방은 대화를 끊을 생각이 없었다.

한국어를 섞어가며 미소와 함께 이야기를 이어가는데, 상대방의 미소를 보고 순간 귀찮아 대화를 끊으려 했던 내 행동에 미안한 마음이 들었다. 불편한 마음을 덜어내고자 상대방에게 기차에 오르기 전 바슈에게 도움을 받은 이야기를 해주었다.

그는 조용히 이야기를 듣더니 앞으로 다가와 이렇게 말했다.

"잠시 손대도 될까?"

느닷없는 그의 말에 잠시 멍해 있는 사이, 그는 말을 이었다.

"만약 내가 지금 너의 팔을 긋는다면 붉은 피가 날 거야. 그건 한국인이든 인도인이든 흑인이든 백인이든 누구나 똑같아. 겉은 다르지만 우리는 하나라는 증거야."

인도는 여행자를 고단하게 만드는 것들로 가득하다. 끊이지 않고 울려대는 클랙슨 소리와 잿빛 매연은 숨을 턱 막히게 만들고, 계속해서 찾아와 놔주지 않는 삐끼는 인내심을 시험하게 만들기도 한다.

그럼에도 불구하고 인도가 좋은 이유는 사람. 사람 때문이다. 나를 기차역까지 데려다준 바슈, 슬리핑 칸에서 만난 중년의 아저씨.

인도는 사랑과 미움이 공존하는 애증의 장소로 기억된다.

어떻게 낯선 이방인에게

대가 없는 도움을 줄 수 있었을까.

호두과자 하나를
남기는 이유

인도

　허기진 배를 채우기 위해 조드푸르*Jodhpur*의 명물로 꼽히는
오믈렛 가게로 향했다.
　유명 여행 가이드북에서도 소개된 곳이라 쉽게 찾을 수 있
을 거라 생각했는데, 밥 한 끼 먹기가 너무나 힘들었다. 오믈렛
은 포기하고 근처에 있는 식당에서 일단 배를 채워야 하나 고민
하던 찰나, 처음 지도를 켰던 곳 근처에 그렇게 찾아 헤맨 가게
가 있었다.

　너무 일찍 도착한 탓일까. 이제 막 장사를 준비하는 주인 아
저씨 옆에 덩그러니 앉아 30분을 기다렸다.

오믈렛은 기대 이상으로 맛있었다. 시장이 반찬이라고 굶주릴 대로 굶주린 빈속이 한 끼 식사를 더 맛있게 만들어주었나 보다.

숙소에 짐을 내려놓고 도시 이곳저곳을 돌아다녔다. 살구색으로 가득한 길 옆으로 인도 특유의 알록달록한 색감의 원단들이 걸려 있었고, 다양한 종류의 향신료가 뒤섞여 신비로운 냄새를 풍겼다.

한참을 돌아다니다 해가 질 때쯤 조드푸르의 일몰 명소인 메헤랑가르 성 Meherangarh Fort 에 올랐다. 해가 저물수록 조드푸르에 가득 칠해진 푸른 빛깔이 더욱 돋보였다.

파란색으로 칠해진 집들로 인해 블루 시티라는 별명을 갖게 된 조드푸르는 영화 〈김종욱 찾기〉의 촬영지로 알려져 있다. 그러나 영화 속 공유와 임수정이 되고픈 여행자들은 조드푸르에 와 하나같이 실망을 안고 돌아간다. 영화와는 다르게 현실은 소와 염소 배설물을 피해 다니기에 급급하니 말이다.

영화 〈김종욱 찾기〉에서 임수정이 아니라 그녀의 호두과자를 좋아했다. 호두과자 하나를 남기며 '끝을 내지 않으면 좋은 느낌 그대로 남는다'는 그녀의 대사에 크게 공감했기 때문이다.

내 삶의 일부가 된 그 모든 기억의 주인공들에게
미안했다고, 또 고마웠다는 말을 건네고 싶다.

하지만 뒤늦게 끝의 진정한 의미는 마침표가 아닌 새로운 시작이라는 것을 깨닫게 되었다.

저물어가는 태양을 보며 조심스레 지난날들을 떠올렸다. 어린 나이에 어수룩하다는 핑계로 무사히 끝내지 못한 지난날의 기억들이었다.
실패로 끝나버린 스무 살의 사랑, 상처를 주고받은 관계, 자존심 때문에 헝클어진 우정 등등. 이 외에도 몇 개의 기억들이 잔상으로 남아 아른거렸다.

이미 과거가 되어버린 동시에 내 삶의 일부가 된 그 모든 기억의 주인공들에게 미안했다고, 또 고마웠다는 말을 건네고 싶다.

별 헤는 밤이
그리워질 때

인도

인도에서는 도시 이름에 색깔을 붙여 부르는 경우가 많은데, 이는 각 도시마다 칠해진 건물의 색을 의미한다. 하얀색 건물이 가득한 우다이푸르Udaipur는 화이트 시티, 조드푸르Jodhpur는 파란색 집들이 많다고 하여 블루 시티, 분홍색 건물이 가득한 자이푸르Jaipur는 핑크 시티라고 불리는 것처럼 말이다.

인도 서쪽 끝자락에 위치한 자이살메르Jaisalmer라는 도시 또한 건물들이 노란 사암으로 만들어져 황금빛을 띠고 있다고 하여 골드 시티라는 이름이 붙여졌다.

여행자들이 이곳을 방문하는 이유는 오직 한 가지, 사막에서 하루를 보내는 이색적인 경험을 하기 위해서다.

흐리멍덩한 눈과 짙고 긴 속눈썹, 바보같이 움직이는 코와 입을 가진 낙타는 지치지도 않는지 뜨거운 사막 위를 묵묵히 걸어 나갔다. 한참을 낙타 등에 실려 허벅지 안쪽에 쥐가 나기 직전에 사막 한가운데에 발을 디뎠다.

시간은 어느새 훌쩍 흘러 낙타 몰이꾼들이 저녁을 준비하는 사이, 주변에 보이는 가장 높은 능선에 올라 아직 온기를 잃지 않은 모래 위에 엉덩이를 붙였다. 날이 잘 드는 칼로 매끈하게 도려낸 것만 같은 사막의 곡선 너머로 태양이 기울었고, 시간이

우리는 저마다의 방식으로

사막에서의 밤을 만끽하고 있었다.

지남에 따라 하늘은 감귤빛이 되었다가 자몽빛으로 변하며 포도빛으로 물들었다.

사막에는 고요하다 못해 외로움이 섞인 밤이 찾아왔다.

저녁을 먹고 고운 모래 위에 선베드를 설치하고 그 위로 침낭과 몇 개의 이불을 더해 간이침대를 만들었다. 이른 아침부터 시작된 일정에 몸은 피곤할 대로 피곤했지만 쉽게 잠을 이룰 수 없었다. 눈을 뜨면 셀 수 없이 수많은 별이 밤하늘에 보석처럼 박혀 있었고, 그 광경을 내 눈에 담을 수 있다는 사실에 황홀했다.

우리는 저마다의 방식으로 사막에서의 밤을 만끽하고 있었다. 나만큼이나 벅찬 밤을 즐기고 있을 일행들에게 방해가 되지 않도록 조용히 이어폰을 꼈다. 그리고 유재하의 음악을 틀었다.

별 헤는 밤이면 들려오는 그대의 음성

쏟아질 듯 별이 가득한 밤하늘과 마치 지금 이 순간을 위해 만들어진 듯한 노래. 음악이 좋은 이유는 듣는 사람으로 하여금 그 음악을 가장 인상 깊게 들었던 상황으로 데려다주기 때문이 아닐까.

여행을 마치고 일상으로 돌아가 촘촘하게 수놓았던 별들이

그리워질 때면, 여행의 감정이 그리워질 때면 유재하의 음악을
들어야지, 하고 생각했다. 그럼 다시금 자이살메르의 사막 위를
여행하게 될 테다.

화려하지 않아도
특별하게

모든 것이 베일에 싸여 있는 아프리카는 잔뜩 움츠려 있
는 내게 말했다.
무엇이 당신을 두렵게 하느냐고.
때때로 당신이 가장 두려워하는 일은 당신을 자유롭게
해줄 바로 그 일이 될 거라고.
아프리카에서의 모든 만남은 각자의 언어와 온도로 내
삶에 깊고 진하게 스며들었다.

지구 반대편에
가족이 생기다

남아프리카
공화국

　다큐멘터리에서나 보던 미지의 세계 아프리카. 간접적으로
체험할수록 늘어나는 궁금증과 호기심이 나를 아프리카로 이끌
었다.

　혹자는 아프리카를 떠올렸을 때 남자들이 나가서 사냥을 하
고, 애완동물로 코끼리를 키우는 모습을 상상할 수도 있겠다.
나 또한 그런 예상을 전혀 하지 않았다고는 못한다. 그러나 직
접 여행하고 경험한 아프리카의 모습은 예상과는 전혀 달랐다.
물가는 유럽과 비슷하거나 더 높았고, 서울의 높다란 빌딩보다
도 더 멋진 건물들이 즐비했다.

또한 누군가 내게 아프리카는 어떤 곳인지 묻는다면 이렇게 답할 것이다.

내가 사랑하는 가족들이 사는 곳이라고.

아프리카의 첫 여행지인 남아프리카공화국의 케이프타운 *Cape Town*은 치안이 나쁘기로 악명이 높은 곳이다. 현지인들도 어둠이 드리우면 밖에 돌아다니지 않는다는 케이프타운. 그러한 정보 덕에 여행 전부터 걱정이 앞섰고 케이프타운에 도착해 여행하는 동안 해가 환하게 떠 있는 낮에도 긴장을 놓지 않았다. 잔뜩 움츠린 모습이 누가 봐도 여행자처럼 보였을 것이다.

주눅이 든 나와는 상반되게 케이프타운의 여행자 거리인 롱스트리트 *Long street*는 활기가 넘치며 평화로웠다. 알록달록한 건물들과 깔끔하게 포장된 도로, 무엇보다 저 멀리 보이는 케이프타운의 랜드마크인 테이블 마운틴 *Table Mountain*은 과연 케이프타운이 위험하고 경계해야 할 도시인지, 그 소문이 사실인지 의문이 들게 만들었다. 정말이지 아름답다는 말밖에 할 수가 없었다.

산 정상부가 평평하여 이름 붙여진 테이블 마운틴에 가기 위해 버스를 기다리는 중이었다. 그런데 어디선가 익숙한 말소리가 들려왔다. 순간 두 귀를 의심했다. 알아듣지 못하는 외국어 사이로 한국어 한마디가 내 귀에 정확히 꽂혔다.

"안녕하세요."

낯섦이 주는 설렘. 여행은 그간의 나를 지워버리고, 나에 대해 알지 못하는 낯선 곳에서 새로운 만남을 즐길 수 있다는 데에서 그 매력을 꼽을 수 있다.

그러나 아무래도 여행을 하다보면 한국인을 만나고, 한국어를 듣고, 한국 문화와 마주치게 되는 순간이 생긴다. 물론 반가운 마음도 들지만 한편으로는 얼마나 더 멀리 떠나야 전혀 새로운 곳에서 여행할 수 있을까 하는 마음이 들기도 한다.

여행 전부터 전혀 새로운 그곳이 바로 아프리카가 될 것이라 확신했다. 거리상으로도 대한민국과 멀리 떨어져 있고, 상대적으로 아프리카란 대륙은 사람들이 그다지 선호하는 여행지가 아니었기 때문이다.

그런데 이곳에서 한국어라니. 그것도 아프리카 끝자락에 위치한 남아공에서. 고개를 돌리자 해맑은 미소를 지으며 내 가방을 가리키는 한 모녀가 보였다.

"안녕하세요? 네 가방이 입을 벌리고 있어."

그렇게 타일라와 앤을 만났다.

우연인지 예견된 만남인지 우리는 같은 버스를 타고 가는 동안 두서없이 많은 이야기를 나누었다. 내려야 할 시간이 다가오자 급히 가방에서 여행자 명함을 꺼내 글을 적었다. 부랴부랴 모녀에게 명함을 전한 뒤 버스에서 내렸는데, 아차. 한국어로 글을 적어주다니.

그날 밤 그들에게서 연락이 왔다. 우려했던 것과는 달리 한국어를 공부 중인 막내 셰인 덕분에 무사히 명함에 적은 글을 읽을 수 있었다고 했다. 그리고 혹시 내일 일정이 괜찮다면 함께 케이프타운을 여행하자는 제안까지 받았다. 고민할 필요가 없었다.

다음 날 앤은 자신의 귀여운 자동차인 릴리에 두 딸을 태우고 내가 머물고 있는 숙소 앞에 도착했다.

"잭, 오늘은 내가 너의 가이드가 되어줄게."

별것 아닌 농담에도 차 안은 웃음바다가 되었다. 시시콜콜한 대화를 주고받기도 하고, 가슴속 깊은 이야기를 털어놓기도 하면서 우리는 서로 마음을 나누고 가까워짐을 느꼈다. 일주일을 계획했던 케이프타운에서 11일간 머무를 수밖에 없었던 이유는 그들 덕분이었을 것이다.

그들과 함께 케이프타운 구석구석을 여행했다. 해변에 펭귄이 살고 있는 보울더스 해변*Boulders Beach*과 아프리카 최남단 희망

봉, 그 외에도 수많은 장소에 우리만이 기억할 추억들을 새겼다.

케이프타운을 떠나는 날, 그들은 나를 배웅하기 위해 버스 터미널까지 마중을 나왔다.

지금까지의 여정이 수없이 많은 만남과 이별의 반복이었기에 이제는 어느 정도 이별에 무딘 마음을 갖게 됐다고 생각했다. 그러나 큰 착각이었다. 이별의 순간만을 남겨두고 타일라와 앤, 셰인의 얼굴을 보는 순간, 담담하다고 착각했던 마음은 모래성처럼 우르르 무너져 내렸다.

그들 또한 마찬가지였다. 이별 앞에서 우리는 눈물을 흘릴 수밖에 없었다.

어렵게 마지막 인사를 나누고 버스에 올라 자리에 앉아 있는데도 흥분된 마음은 좀처럼 쉽게 가라앉지 않았다. 아마 나도, 그들도 지구 반대편에 있는 우리이기에 다음 만남을 기약하기 어렵다는 사실을 인정하고 있어서였을 테다.

몇 번이고 억지로 마음을 진정시키고 있는데 핸드폰이 울렸다.

'잭, 이제부터 레이싱이 시작될 거야.'

도대체 무슨 말인가 싶었다. 그런데 다음 버스 정류장에서

앤이 기다리고 있는 게 아닌가. 앤은 아쉬워하던 내 모습이 눈에 밟혔던지 미리 도착해 기다리고 있었다. 앤은 그곳에서 내게 정말 마지막 말을 건넸다.

"굿바이. 잭."

지구 반대편에 살고 있는 그들과의 만남을 단지 우연이라고 할 수 있을까. 버스를 기다리던 그때, 배낭이 열려 있지 않았다면 이후 이야기가 완전히 달라졌을까.

혈육이 아닌 진한 감정으로 엮인, 내가 사랑하는 가족들과의 만남을 결코 우연이 아닌 필연이라 부르고 싶다.

당신이 가장
두려워하는 일

나미비아

　나미비아의 수도인 빈트후크*Windhoek*에서 출발한 자동차는 쉴 새 없이 비포장도로 위를 내달렸다. 서부 영화에서나 볼 수 있을 법한 황무지를 지나다보면 이전과는 확연히 다르게 매끄럽게 포장된 도로가 나오는데, 이는 나미비아 서부 도시인 스와코프문트*Swakopmund*에 도착했음을 알리는 신호다.

　스와코프문트는 대서양과 사막이 만나는 신비로운 자연을 품고 있는 나미비아 최고의 휴양지로, 예능 프로그램 〈꽃보다 청춘 아프리카〉에 소개되어 많은 관심을 끌게 된 장소이기도 하다.

　3만도 채 되지 않는 인구가 살고 있는 이 소도시에는 이색적인 풍경 외에도 유명한 것이 한 가지 더 있는데, 그것은 바로 저렴한 가격에 도전할 수 있는 스카이다이빙이다.

　둔탁한 기계음을 내던 경비행기는 9,000피트 상공에 이르러서야 소리를 멈췄다. 긴장과 두려움으로 범벅이 된 마음을 대변하듯 거친 숨소리는 멎을 줄을 몰랐다.

그제야 왜 돈을 주고 이런 짓을 하려고 했을까, 하는 후회가 몰려왔다. 단언컨대 스카이다이빙은 내가 한 일 중 가장 미친 짓이 틀림없었다.

　내 마음을 알 리 없는 스카이다이버 프랭크는 해맑은 표정으로 손을 내밀어 내게 하이파이브를 건넸고, 이어 한 치의 망설임 없이 경비행기 밖으로 몸을 내던졌다.
　내 의지와는 상관없이 프랭크가 가는 방향 그대로 하늘을 날았고, 땅으로 떨어지고 있었다.

　강한 압력이 몸을 눌렀고, 나미비아의 사막 어느 곳을 향해 곤두박질쳐지고 있었다. 낙하라는 말보다 추락이라는 말이 더 어울릴 정도로.

　자유 낙하를 하는 수십 초 동안 숨 쉬는 일조차 쉽지 않았다. 손바닥에 적어놓은 문구를 카메라맨에게 펼쳐 보이기 위해 무던히 애를 썼지만 성공하기가 마음처럼 되지 않았다.

　꿈은 이루어진다.

　영혼마저 빠져나갈 것 같던 시간도 끝이 났고, 추락을 멈추고 낙하산이 펼쳐지자 그제야 보이지 않던 주변 풍경이 하나둘 눈에 들어왔다.

사막과 바다가 맞닿아 있는, 지구에서 유일한 스와코프문트의 이색적인 풍경은 감탄을 자아내기에 충분했고, 내 몸은 아름다운 코발트빛 스와코프문트의 하늘을 가르고 있었다.

자유라는 단어는 어쩌면 지금 이 순간과 가장 닮아 있지 않을까 하는 생각이 들었다. 무사히 착지하고 다시 한번 프랭크와 하이파이브를 했다.

"잭, 좋았어?"
"내 삶에서 최고의 경험이었어."

스카이다이빙을 무사히 끝내고 점프 수트를 갈아입기 위해 다이빙 숍에 들어서는데, 벽 한편에 쓰여 있는 문구가 눈에 들어왔다.

때때로 당신이 가장 두려워하는 일은
당신을 자유롭게 해줄 바로 그 일이다.

절로 고개가 끄덕여졌다. 만약 경비행기 안에서 뛰어내리기를 포기했더라면 후에 스카이다이빙이란 단어만으로도 두려웠겠지만, 무서움을 극복하고 몸을 내던진 순간 짜릿하고 벅찬 감

꿈은 이루어진다.

동과 자유를 느낄 수 있었다.

　세계 여행을 준비하는 과정도 마찬가지였다. 어떠한 이정표
도 없이 과연 잘 해낼 수 있을까 싶은 불안의 연속이었지만, 부
딪히며 꿋꿋하게 걸어가다보니 뜻밖의 행운과 기쁨, 행복이 있
었다.

바다로
흐르지 않는 강

보츠와나

아프리카에서 비자 없이 입국할 수 있는 나라는 손에 꼽을 정도로 많지 않다. 그중 하나인 보츠와나.

보츠와나의 북쪽에 위치한 마운Maun은 대중교통이 발달되어 있지 않아 히치하이킹이나 렌터카를 이용하지 않는다면 가기 어려운 곳이다. 그런데 나는 이 두 방법이 아닌, 나미비아에서 짐바브웨로 향하는 운송업자에게 일정 돈을 지불하고 중간 지점인 마운에 도착하게 되었다.

다가가기도 쉽지 않은 마운을 여행 일정에 넣은 이유는 칼라하리Kalahari의 보석이라고 불리는 오카방고 델타Okavango Delta를 두 눈으로 직접 마주하기 위해서였다.

　다른 강과는 다르게 바다가 아닌 칼라하리 사막으로 흐르는 오카방고 델타는 세계에서 가장 희귀한 자연, 현지인들의 언어로는 '결코 바다를 찾지 못하는 강'이라고 불린다.

　가이드이자 뱃사공인 지지 아저씨가 노를 저었다. 아저씨가 노를 젓는 박자에 맞춰 보츠와나의 전통 배인 모코로Mokoro는 오카방고 델타의 고요한 분위기를 해치지 않고 천천히 앞으로 나아갔다.

　이 거대한 삼각주에는 수많은 동식물이 살고 있지만 이곳에 없는 것 하나를 꼽자면 바로 그늘이다. 무자비하게 내리쬐는 햇

볕을 온몸으로 받아내야 하다 보니 온몸에 힘이 빠졌다.

더위에 지칠 대로 지친 와중에 기대에 못 미치는 투어에 지루해지던 순간, 잔잔하던 강 위로 빗방울이 떨어지며 파동을 일으켰다.

그때, 머리를 한 대 맞은 듯한 충격이 들었다. 모코로가 풀을 스치며 내는 소리, 노에 물이 갈라지는 소리, 오카방고 델타가 살아 숨 쉬는 소리들을 무시하고 나는 이곳에게 어떤 기대를 품었던 걸까.

근사하고 어마어마한 것이 아닌 평화로운 오카방고 델타의 모습을 인정할 수 없었던 걸까. 현란한 기술과 고음 섞인 노래에만 청자들은 감동받는 것이 아니다. 잔잔하고 진심을 담은 노래에도 청자들은 눈물을 흘린다.

오카방고 델타의 잔잔한 노랫소리에 귀를 기울이며 문득 2년 전 모습이 떠올랐다.

스물세 살, 군대를 막 전역하고 세계 여행 자금을 모으기 위해 휴학을 결심했던 그때. 호기롭게 휴학 신청서를 제출했지만 어쩐지 모두가 오른쪽으로 걸어갈 때 나 혼자만 왼쪽으로 걸어가는 것은 아닌가 싶은 마음에 두려움이 들었다. 앞으로 내게 어떤 미래가 기다리고 있을까. 그렇게 휴학 신청을 마치고 지하

철을 타고 집으로 돌아오면서 느꼈던 고독은 시간이 한참 흐른 지금도 선명하게 기억이 난다.

오카방고 델타가 세계적인 여행지가 된 이유는 바다가 아닌 사막으로 흐르기 때문이다.

여행자들은 바다로 향하지 않는 오카방고 델타가 비정상적이라고 말하지 않는다. 특별하다고 인정한다.

특별하다와 이상하다는 한 끗 차이다. 우리는 자신과 조금 다른 길을 걷는다는 이유를 트집 잡아 그들을 이탈자라는 범주에 포함시켜버리고는 한다. 참 이상한 일이다.

열차를 타는
산타클로스

잠비아

마운*Maun*에서 잠비아 카피리음포시*Kapiri Mposhi*로 넘어와 하루를 마치고 탄자니아로 향하기 위해 타자라*Tazara* 열차에 올랐다.

타자라 열차는 2박 3일에 걸쳐 잠비아에서 탄자니아 국경을 넘었고, 긴 이동 시간 때문에 돈이 부족한 여행자들과 현지인들이 주로 이용하는 교통수단이었다.

구매한 티켓에는 분명 일등석이라고 쓰여 있었는데, 2평도 채 되지 않는 한 방에 침대가 4개씩이나 있어 개인 공간이 거의 없는 것이나 마찬가지였다. 엎친 데 덮친 격으로 하필이면 2층

자리를 배정받아 침대에서 허리를 곧게 펴는 것은 사치였다. 그나마 위안을 삼자면 고됐던 인도 열차를 먼저 경험해보지 않았더라면 타자라 열차에서 크게 실망하고 기분이 상한 채로 2박 3일을 보냈을 것이었다. 이 정도의 불편함은 귀엽게 느껴질 정도였다.

다음 날 일어나 밖을 보니 잠비아가 아닌 탄자니아를 달리는 중이었다.

출입국 심사는 열차 안에서 간단하게 이루어졌다. 승무원이 다가와 입국 신청서를 주었고, 이를 작성해 여권과 함께 비자 비용만 지불하면 앉은 자리에서 출입국 심사가 끝이 났다. 더욱 흥미로운 사실은 환전상이 열차를 돌면서 환전을 해주

었다. 그것도 말도 안 되는 악랄한 가격으로. 대체 누가 그 가격에 환전을 할까 싶었지만, 탄자니아로 넘어온 순간부터 잠비아 화폐는 무용지물이 되기 때문에 눈물을 머금고 환전을 해야만 했다.

천장에 달려 있는 낡은 선풍기 한 대에 의지해 답답하고 더운 공기를 버텨내야 했다. 그마저도 삐걱거리는 소리 때문에 잠을 자는 것조차 힘들었지만, 옆 방과 다르게 선풍기가 작동된다는 것만으로도 감사해야 할 일이었다. 여행을 할수록 사소한 것에 감사하는 마음을 갖게 되었다.

수많은 풍경이 창문 밖을 스쳐 지나가고, 열차는 속도를 줄여 서서히 멈추었다.

정차한 열차를 향해 뛰어오는 아이들의 모습이 보였다. 장난기 가득한 얼굴과 큼지막한 눈으로 나를 응시하는 아이들의 목적은 배를 쓰다듬는 행동만 보더라도 짐작할 수 있었다.

환전한 돈으로 과자를 사서 아이들에게 건네주었다. 아이들은 마치 보물이라도 받은 듯 품속에 과자를 꼬옥 껴안았다. 눈이 내리지 않는 아프리카에서 잠시나마 산타클로스가 된 기분이었다.

다른 아이들이 그 모습을 보고는 몰려와 춤을 보여주겠다며 우스꽝스럽게 몸을 흔들어 댔다. 온 세상 아이들에게 선물을 나누어주는 산타클로스이고 싶었지만, 안타깝게도 나의 선물 보

따리에는 더 이상 과자가 남아 있지 않았다.

얼마 있지 않아 열차는 다시 움직일 준비를 했고, 아이들에게 인사를 건넸다. 더 이상 나누어줄 것이 없는 산타클로스는 아이들에게 배웅 받지 못할 줄 알았는데, 아이들에게서 예상치 못한 인사를 듣게 되었다.

"God bless you."

그때 열차가 움직여 창밖 풍경을 바꾸지 않았더라면 하마터면 아이들에게 붉게 달아오른 얼굴을 들킬 뻔했다.

내가 이렇게 좁았구나. 나는 어떤 시선으로 아이들을 바라봤던 걸까. 이득이 없는 관계라면 쉽게 떠나갈 거라고 생각했던 내 편협한 생각이 부끄러웠다.

아이들이 건넨 인사말을 몇 번이고 곱씹었다.

다 잘될 거야,
하쿠나 노마

탄자니아

    인도양의 흑진주라고 불리는 탄자니아의 잔지바르Zanzibar에 들어가기 전, 내리쬐는 햇볕을 받으며 선착장에서 페리를 기다리고 있는데 직원이 다가와 입국 신청서를 건넸다.

    잔지바르는 탄자니아에 소속되어 있지만 독립적인 자치권을 행사하고 있어 섬에 들어가기 위해서는 한 번 더 비자를 받아야 하는 번거로움이 있었다. 비자는 무료로 발급되지만, 간혹 이 과정에서 여행객들에게 돈을 받아내는 경우가 있다고 들었다. 무더운 날씨로 한껏 일그러진 인상 때문이었는지 다행히 내게는 그런 일이 없었다.

　2시간 정도 페리를 타고 이동해 구시가지인 스톤 타운*Stone town*에 짐을 풀었다. 걸어서 2분 거리에 아름다운 바다가 있어 숙소에서도 짠 내음이 풍겼다.

　물이라면 사족을 못 쓰는 나이기에 언제든지 바다에 뛰어들 수 있도록 수영복을 구매해야겠다고 생각했다. 숙소 프런트 직원인 소마에게 다가가 근처에 시장이 있는지 물어보았다. 소마는 종이에 친절하게 시장으로 가는 길을 적어주며 설명 또한 잊지 않았다.

　그러나 그의 친절함에 비해 기억력이 미치지 못할 거라는 내 예상은 틀리지 않았다.

소마가 알려준 대로 시장을 찾아 나섰지만 잠시 후 골목길에 접어들자 그대로 길을 잃고 말았다. 계속해서 이어지는 미로 같은 길들 속에서 시장을 가기 위해서는 오른쪽 길로 가야 하는지, 왼쪽 길로 가야 하는지 수수께끼에 빠졌다.

그러나 일부러 지도를 켜지 않고 마음이 이끄는 대로 발걸음을 옮겼다. 가끔은 길을 잃고 구석구석을 헤매는 것도 좋은 여행이 될 테니까, 라고 변명해보지만 사실 그보다도 지도를 본다고 해도 딱히 큰 도움을 받지 못할 것 같았기에······.

한참을 걷다보니 소마가 말한 다라자니 시장*Darajani Market*에 들어와 있었다. 보물찾기하듯 시장 곳곳을 누비며 수영복을 찾았지만 내 까다로운 기준을 만족시키는 수영복을 찾지 못했다. 무더위 속에서 꼬박 3시간을 걸어 다녀 옷은 땀과 모래가 뒤덮여 마치 소매치기라도 당한 몰골이었다.

결국 허탈하게 빈손으로 숙소에 돌아왔다. 소마가 반가운 얼굴로 맞이해주었다.

"잭! 원하는 수영복은 구매한 거야?"
"아니. 열심히 돌아다녔지만 마음에 드는 수영복을 찾지 못했어."
"실망하지 마. 내일은 분명 좋은 수영복을 살 수 있을 테니까. 하쿠나 노마 *Hakuna noma*."

소마는 풀이 죽어 있는 내 표정을 읽었는지 어깨를 토닥이며 위로의 말을 건넸다.

하쿠나 노마. '걱정하지 마, 다 잘될 거야.'라는 뜻의 스와힐리어. 영화 〈라이온 킹〉의 유명한 대사인 '하쿠나 마타타 *Hakuna matata*'로 잘 알려져 있지만, 사실 현지인들은 '하쿠나 노마'라는 말을 사용한다.

현지인들이 습관처럼 사용하는 이 말은 곧 그들의 삶을 투영하고 있다는 생각이 들었다. 행복하기 때문에 웃는 것이 아니라 웃기 때문에 행복하다는 말처럼, 어떤 마음을 품고 살아가는가에 따라 삶의 의미가 달라지는 것이 아닐까.

비록 수영복은 구매하지 못했지만 열심히 시장을 돌아다닌 덕분에 현지인의 삶을 가까이에서 마주할 수 있는 시간이었다. 또한 저렴한 가격에 뷔페 식의 현지 맛집도 발견해 평소라면 쉽게 접하지 못할 다양한 음식을 맛봤으니 그렇게 실망할, 소득이 없는 시간이 아니었다.

다음 날, 마침내 마음에 드는 수영복을 구매해 곧장 바다로 몸을 내던졌다.

하늘과의 경계를 구분하기 힘들 정도로 에메랄드와 사파이어를 녹인 듯한 바다는 오묘한 빛을 내며 반짝였다. 잔지바르는 세상 모든 아름다운 수식어를 붙여도 묘사하기 힘든, 정말이지 미치도록 아름다운 곳임이 분명했다.

평화로운 바다에서 나지막하게 외쳤다.

오늘도, 그리고 내일도 하쿠나 노마.

Tip is not must!

탄자니아

탄자니아 잔지바르*Zanzibar*에서 다르에스 살람*Dar es Salaam*을
경유해 아루샤*Arusha*를 여행 중이었다. 아루샤에서 시작한 세렝
게티*Serengeti* 투어는 3박 4일 동안 진행되었고, 그 끝을 향해 달
려가고 있었다.

개조한 지프차를 타고 끝이 보이지 않는 평원을 달리는데
마치 게임을 하는 것 같아 흥분되었다. 더욱이 동물을 좋아하는
내게 차를 타고 달리며 동물들을 찾아다니는 세렝게티 투어는
천국이나 다름없었다.

투어를 마치고 마을로 돌아가는 길, 대부분의 동물은 차량 엔진 소리만 들려도 부리나케 도망가기 바빴는데, 어쩐 일인지 한 무리의 코끼리 가족이 자리를 피하지 않고 떡하니 차량 앞을 가로막았다. 능숙한 가이드는 서두르지 않고 코끼리 무리가 다시 움직일 때까지 기다린 뒤 엑셀을 밟았다.

투어 중 가이드가 한 말이 떠올랐다. 초식 동물들은 매년 풀을 찾아 지역을 이동하는데 덩치가 크고 힘 센 녀석들이 앞장을 서고, 덩치가 작고 약한 녀석들은 무리 가운데에서 보호를 받는 다고. 동물 무리에서도 나름대로의 질서와 규칙이 존재한다고 말이다.

동물들의 규칙을 눈으로 직접 확인하는 순간이었다. 살면서 또 언제 아프리카 초원 위에서 동물과 별을 배경 삼아 잠들 수 있을까. 모든 것이 완벽했고, 행복했다.
　가이드가 내게 팁을 요구하기 전까지는.

"Tip is must!"

　투어를 마치고 숙소 앞까지 데려다준 가이드는 느닷없이 팁을 요구했다. 팁은 반드시 줘야 하는 거라며 당당하게 말하는 모습에 황당하기만 했다.
　그래도 그간 성실히 투어를 진행해주었기에 더 이상 복잡하게 생각하지 않고 가이드와 요리사에게 각각 30달러씩 팁을 주

었다. 하지만 아무리 생각해봐도 납득이 되지 않았다. 계약 조건에 팁을 주어야 한다는 사항은 없었고, 게다가 다른 여행객들에게는 팁을 받지 않았는데 왜 내게만 팁을 요구하는 걸까.

근처에 있던 현지인들에게 방금 있었던 팁 사건에 대해 이야기했다.

"말도 안 돼. 팁은 강요할 수 없고, 네가 만족스럽고 행복해야만 주는 거야."

그 말을 듣자마자 울컥하는 마음이 일었다. 돈을 빼앗겨 기분이 상했다기보다는 3박 4일간의 행복했던 추억이 회색빛으로 뒤덮이는 듯했다.

가이드와 요리사에게 건넨 돈은 단순히 팁의 의미를 넘어 3박 4일의 소중한 시간이라는 생각이 들자 반드시 팁을 되찾아야겠다는 생각이 강하게 들었다.

근처에 있던 현지인 몇 명과 함께 투어 회사에 도착해 사장을 만나 상황을 설명했다. 사장 옆으로 팁을 받아간 가이드와 요리사는 입을 꾹 다물고 고개를 숙인 채 뻣뻣하게 서서 이후 자신에게 돌아올 상황을 기다리고 있었다.

"나는 돈 때문이 아니야. 네가 저지른 잘못된 행동으로 우리의 좋았던 추억이 엉망으로 변하는 게 슬퍼.”

　가이드와 요리사에게서 팁을 돌려받음으로써 사건은 일단
락되었지만, 마음이 좋지 않았다.
　검은 잉크 한 방울이 순식간에 맑은 물을 얼룩지게 만드는
것처럼 사소한 행동일지라도 상대방에게는 큰 영향을 미칠 수
있다는 사실을 기억해야겠다.

한 걸음의 가치,
킬리만자로 정상에 서다

탄자니아

    누군가 내게 세계 여행 중 가장 힘든 순간이 언제였냐고 묻는다면 주저 없이 히말라야*Himalayas*를 오르던 때라고 답하겠다.

    나는 무슨 생각으로 13킬로그램의 배낭과 지도 하나만으로 히말라야를 오르려 했을까. 그 뒤로 절대 산은 오르지 않겠다고 다짐했지만 이상하게도 시간이 지날수록 그때가 그리워졌다. 당시 몸 구석구석을 에던 시린 공기, 체력의 한계에 도달하던 고통까지도.

    킬리만자로*Kilimanjaro*로 향하는 트래킹 첫째 날은 코스가 짧고 완만해 큰 무리 없이 일정을 마쳤다. 둘째 날은 첫째 날에 비해 두 배 정도 긴 일정을 소화했지만 경사가 그리 가파르지 않아 여유 있게 산장에 도착할 수 있었다.

그러나 문제는 그날 밤에 일어났다. 점심때부터 살살 아파오던 두통이 점점 심해진 것이다.

가이드인 필렉스에게 몸 상태를 전한 뒤 약을 받아먹었다. 그리고 내일 일정 설명을 들었다. 오전에 1,000미터를 오른 뒤 잠시 휴식을 취했다가 밤새워 1,200미터를 더 올라야 하는, 그 야말로 살인적인 일정이었다.

최상의 컨디션으로도 고된 코스인데 두통으로 고생하고 있으니 내일 일정을 소화하기란 어려운 일이었다. 5일 동안 6,000미터에 육박하는 거대한 산을 나 같은 등산 초보자가 오른다는 것이 애초부터 무모한 도전이었나, 하는 생각도 들었다.

필렉스는 수심에 가득 찬 내게 조심스럽게 말했고, 그의 말 덕분에 용기를 얻었다.

"잭, 천천히 함께 간다면 해낼 수 있어. 물이나 약, 너에게 필요한 어떤 것이든 도와줄게."
"맞아. 할 수 있어. 나는 꼭 우후루 피크Uhuru Peak에 가고 말 거야."
"아니, 우린 함께 갈 거야."

셋째 날, 약이 효과가 있었는지 두통이 가라앉았다. 아침부터 부지런히 걸어 예상했던 시간보다 일찍 마지막 베이스캠프인 키보 산장Kibo Hut에 도착했다.
이곳은 막 산장에 도착한 내게 고산병으로 수레에 실려 나가는 트래커의 모습을 보여주며 내가 지금 서 있는 곳이 얼마나 위험한 곳인지를 자각시켜주었다.

10명 중 오직 3명만이 킬리만자로의 정상, 우후루 피크에 설

수 있다고 하는데, 정상에 오르지 못하는 대부분의 이유가 밤을 새우며 걷는 탓에 체력적인 부담과 함께 고산병을 겪기 때문이었다.

몇 시간 뒤 예정되어 있는 힘든 일정을 소화하기 위해 잠시 눈을 붙이려 했지만 쉽게 잠을 이루지 못했다. 머릿속에는 온통 오늘 밤 내게 어떤 장면이 펼쳐질지, 그 모습을 자꾸만 그리게 되었다. 그러나 불행하게도 모든 장면 중에 우후루 피크에 도달하는 모습은 상상되지 않았다.

겨우 한 시간쯤 눈을 붙였을 때, 몇 번 노크 소리가 나더니 웨이터가 들어왔다. 테이블 위에 따뜻한 차와 스낵을 올려놓는 그에게 왜 든든한 음식이 아닌 차와 스낵을 주는지 물었다. 그는 내가 지금 너무 힘든 탓에 음식을 먹게 된다면 속을 게워낼 것이라고 답했다.

킬리만자로는 랜턴이 비추는 곳을 제외하고는 온통 칠흑 같은 어둠이었다. 옷을 일곱 겹이나 껴입고, 장갑을 두 개나 꼈지만 추위는 어떻게든 빈틈을 찾아 파고들었다. 게다가 우려했던 대로 내게도 고산병이 찾아와 심한 두통과 복통을 견뎌야 했다.

필렉스에게 또다시 약을 요청했지만 여태까지의 일정과는

비교가 불가한 살인적인 경사와 나쁜 몸 상태 때문에 약은 도무지 효과가 없었다.

그러나 절대로 포기하고 싶지 않았다. 차라리 이곳에서 죽겠다고, 꿈을 이루다 죽는 거라면 그것도 꽤 나쁘지 않은 결말이라는 생각이 들었다. 죽을힘을 다해 걷고 또 걸었다.

우후루 피크에 다다르기 위한 마지막 구간인 길만스 포인트 *Gilman's Point*에 도착해 거친 숨을 토해냈다. 정상에 오르기 위해서는 억지로라도 빵과 주스를 욱여넣어야 했다. 필렉스는 내게 하산을 권했다. 지금의 몸 상태로 더 이상 나아가긴 무리라는 게 그의 생각이었다.

산은 참 정직하다.

내가 걷는 만큼 목적지에 가까워질 수 있으니까.

"필렉스, 지금 내 몸 상태가 좋지 않지만 절대 포기하고 싶지 않아. 이건 내 꿈의 일부야."

흔들림 없는 내 말 속에 굳은 의지를 발견했던지 필렉스는 고개를 끄덕이며 내게 당부했다.

"대신 지금부터는 위를 쳐다보지 말고 내 발만 보고 걸어야 해."

높은 곳을 바라보고 오른다면 길고 험난한 여정처럼 느껴지겠지만 한 걸음, 한 걸음을 목표로 삼아 걷고 나아간다면 어느새 목적지에 다다를 수 있을 거라고 했다.

필렉스는 어떻게 하면 트래커를 정상까지 데려다줄 수 있는지 알고 있는 지혜로운 가이드였다.

정신력으로 버티며 몇 개의 언덕을 넘고 또 넘어 마침내 킬리만자로의 정상, 우후루 피크에 두 발을 디뎠지만 다리에 힘이 풀려 그만 주저앉고 말았다. 해냈다는 뿌듯함과 성취감, 이곳에 오르기 위해 지나온 힘겨운 순간들이 파노라마처럼 지나가면서 얼어붙은 두 뺨 위로 뜨거운 눈물이 흘러내렸다.

정상에서 내려다본 킬리만자로는 새하얀 속살을 드러내며

고혹적인 자태를 뽐냈다. 그러나 감동적인 순간을 그리 오래 만끽할 수는 없었다. 해가 뜬 지 오래되어 눈이 녹고 있었기에 급히 하산해야만 했다.

올라왔던 길을 다시 밟으며 이틀 만에 처음 트래킹을 시작했던 장소에 도착했다. 5일 간의 트래킹이 종지부를 찍는 순간, 우리는 헤어지기 전 마지막으로 사진을 찍기로 했다.

"잭, 한국에서는 사진 찍을 때 뭐라고 말해?"
"한국에서는 김치라고 해. 너희는?"
"탄자니아에서는 킬리라고 해."
"좋아. 하나, 둘, 셋, 킬리!"

산은 참 정직하다. 내가 걷는 만큼 목적지에 가까워질 수 있으니까.

왜 돈을 주면서까지 힘든 산행을 하느냐고 묻는다면 여행이니까, 라고 답하고 싶다.

여행이니까 하게 되는 것들. 여행이기에 할 수 있는 일들. 여행은 그런 것이다. 평소라면 절대 하지 않을 행동을 서슴없이 하게 되는 것.

그렇게 내 삶의 이야기는 더욱 풍성해졌다.

마법의 주문,
인샬라

이집트

아프리카 종단의 마지막 나라 이집트에 도착하기 전, 비행기 옆구리에 달려 있는 직사각형 창문으로 내려다본 세상은 온통 살구색으로 가득했다.

카이로Cairo에는 도무지 질서가 존재하지 않았다. 그야말로 혼돈의 도시.

차를 타고 세계 7대 불가사의 중에서도 가장 신비롭다는 피라미드를 보기 위해 길을 떠났다.

앞좌석에 앉아 있는 가이드 모마는 쉬지 않고 곳곳에 담겨 있는 카이로의 역사를 알려주었다. 그는 가이드학과를 졸업해 한국어 말하기 대회에서 우승한 경력이 있는 만큼 능수능란하게 한국어를 구사했다. 덕분에 카이로 역사를 이해하는 데 어려움이 없었고, 궁금한 점도 즉시 해결할 수 있었다. 어쩌면 그는 이집트인이 아니라 한국인이 아닐까, 잠시 상상해보았다.

바로 그때, 아니나 다를까 싶은 일이 발생했다. 반대편에서 아슬아슬하게 역주행하던 툭툭이와 사고가 난 것이다. 사이드 미러는 박살이 났고, 나는 기사가 뒷목이라도 잡고 차에서 내리는 것은 아닌지 조금 긴장이 되었다.

그러나 크게 화를 낼 줄 알았던 운전기사는 사고를 낸 툭툭

기사와 짧은 대화를 주고받더니 곧이어 아무 일도 없었다는 듯 다시 차로 돌아와 운전대를 잡았다.

"모마, 사이드 미러가 부서졌는데 괜찮은 거야?"
"응. 별일 아니야. 이집트에서는 굉장히 흔한 일이거든."
"그래도 명백히 상대방 잘못으로 벌어진 일이잖아."
"이집트에서는 무슨 일이 있든 '인샬라_{In Salah}'라고 생각하기 때문에 가능한 일이야."

모든 것이 신의 뜻이라는 인샬라. 그 어떤 일이라도 겸허하게 받아들일 수 있게 해주는 마법의 주문이었다.

전역을 한 달 앞두고 500원 크기 정도 되는 원형 탈모가 생긴 적이 있다. 병원에 가보니 스트레스로 인한 탈모라는 진단을 받았고, 스트레스의 원인은 전역 이후 삶에 대한 고민 때문이었다.

하루는 책상 앞에 앉아 생각을 정리하는데 문득 죽고 싶다는 생각이 들었다. 죽고 싶다는 욕구보다는 앞으로 내게 주어진 시간들을 포기하고 싶었다.
고민과 걱정, 불안, 두려움이 뒤엉켜 마음을 집어삼키고 있었고, 나는 고스란히 그 어둠에 잡아먹힐 뻔했지만 이대로는 안 된다는 생각이 강하게 든 이후로 고민, 걱정에 너무 몰입하지

않기로 다짐했다. 혹여 꼬리에 꼬리를 무는 생각이 걱정과 불안
으로 이어져 삼키려 한다면 과감히 생각 자체를 그만두었다.
　티베트에는 이런 말이 있다.

　　해결될 일이라면 걱정할 필요가 없고,
　　해결되지 않을 일이라면 걱정해도 아무 소용이 없다.

　이미 내 손을 떠나 어찌할 수 없는 일이라면 걱정보다는 겸
허히 결과를 받아들이는 것이 더 지혜로운 방법이 아닐까. 이집
트인들이 사용하는 마법의 주문처럼. 인샬라.

블랙홀의 정체

이집트

웬만해서 기대를 하지 않는다. 기대에는 실망이 뒤따르니까. 여행지를 방문했을 때 사진에서 보던 모습과 다를 때 느껴지는 이질감, 사람 사이에서 느끼는 오해와 갈등. 이러한 경험들을 비추어봤을 때 애초에 기대를 하지 않는 편이 더 낫다고 생각했다.

그 때문인지 사람들이 입을 모아 호평하던 여행지에서도 그리 큰 감흥을 얻지 못한 경우가 많았다. 오히려 전혀 기대하지 않았던 장소가 최고의 여행지로 꼽히기도 했다.

그런 의미에서 다합Dahab은 상당히 위험한 여행지였다. 이곳
에 다녀온 사람들마다 다합에 대해 입이 닳도록 칭찬했기 때문
이다. 어떤 이는 농담 반 진담 반으로 다합은 발권해놓은 비행
기 티켓을 찢게 만드는 블랙홀 같은 곳이라 정의하기도 했다.

사람들의 평가 덕분에 내 의지와 상관없이 다합에 대한 기
대치는 높아져만 갔다.

우려와는 달리 직접 경험한 다합의 모습은 단순하면서도 근
사했다.

라이트하우스Lighthouse는 아치형 만을 따라 형성된 지역 이
름인데, 아침이면 라이트하우스에 나가 다이빙을 하고, 바다를
품은 펍의 한 자리에 앉아 맥주 한 잔을 마셨다. 어느새 밤이 찾
아오면 한국인 일행과 마피아 게임을 하며 깔깔대는 웃음소리

가 그칠 줄 몰랐다. 이러한 일상이 조금 지루해질 때면 다른 다
이빙 포인트를 찾아 나섰다.

분명 다합은 기대보다 좋았지만, 앞서 말한 어떤 이의 평가
처럼 다합에 왜 블랙홀이라는 수식어가 붙는지 의문이 들었다.

3주간의 일정을 마치고 다합을 떠나기 하루 전, 이곳에서 가
장 오래 함께했던 여행자이자 친구가 된 남건이 형이 맥주 한잔
을 함께하자고 말했다. 표현이 서툰 그가 내일이면 떠나야 하는
내게 건네는 커다란 마음이었다.

우리는 근처 펍에서 새벽까지 술을 마신 뒤 멈춰버린 듯 고
요한 바다를 따라 터벅터벅 걸었다. 좋아하는 음악을 틀고 형과
이런저런 이야기를 나누며 걷다보니 우리가 만난 이후로 정말
많이 가까워졌음을 느꼈다.

기분 좋게 취한 형이 말을 꺼냈다.

"다합이 너무 좋지만 또 오고 싶지는 않아. 그래서 이곳에 오
래 머무르고 있어. 만약 나중에 다시 다합과 마주하게 된다면
그때는 내가 느꼈던 이 감정, 이 모습은 아닐 테니까."

그 말을 듣고 비로소 다합을 떠나기 하루 전에야 다합이 왜
블랙홀인지 그 답을 알게 되었다.

다합은 위험한 곳이다. 들어가기에도 쉽지 않지만 그만큼 나오기는 더욱 힘든 곳이다.

다합은 아름다운 바다는 물론 단순한 일상의 반복과 다이빙이 끝난 후 마시는 맥주 한 잔의 여유를 선사한다. 그것이 바로 여행자의 발을 묶어놓게 하는, 하지만 그보다 다합이 블랙홀이라 불리는 더 큰 이유는 일상을 공유했던 즐겁고 유쾌한 사람들과의 만남 덕분이겠다.

사소한 행복을
마주하는 방법

배낭의 무게는 삶의 무게라는 말이 있다.

처음 배낭을 짊어졌을 때 그 무게가 약 20킬로그램에 달했으니, 내 삶의 무게는 다른 여행자들에 비해 무거웠을까.

어쩌면 여행은 배낭 속에 무언가를 채워 넣는 일이 아니라 욕심으로 채워진 것들을 덜어내는 일이 아닐까.

그런 의미에서 여행과 삶은 묘하게 닮아 있다.

욕심의 렌즈를
벗겨내다

터키

수십 개의 열기구가 기암괴석 위로 떠오르는 사진 한 장.

사진 속 풍경은 내게 카파도키아 *Cappadocia* 에 오라고 손짓했고 나는 거절할 수도 없이 그곳에 도착했다.

새벽 4시, 도시는 어둠을 잔뜩 머금은 시간이었지만 예약한 열기구 투어에 참여하기 위해 부지런히 몸을 움직였다.

터키 중부 내륙에 위치한 카파도키아는 1년 내내 열기구를 운행하지만 그날의 날씨에 따라 탑승 여부가 결정된다. 며칠간 날씨가 좋지 않아 열기구를 타지 못하고 도시를 떠나는 여

행자들이 많았지만 다행히 나는 운이 좋았다.

늘어난 치즈처럼 땅에 퍼져 있던 열기구는 소란스럽게 소리를 내며 풍선껌처럼 부풀더니 땅을 박차고 날아올랐다. 불을 크게 점화할수록 열기구는 중력에 저항하며 더욱 빠른 속도로 하늘 위로 솟았다.

어느 정도 고도에 다다르자 고요가 찾아왔다. 때마침 저 멀리서 태양이 떠오르며 아침이 찾아들고 있었고, 눈앞에는 화려한 색의 열기구들이, 아래로는 불규칙하게 솟아오른 기암괴석이 보였다.

아름답다는 말보다는 신비하다는 말이 더욱 잘 어울리는 풍경이었다. 지구가 아닌 외계 행성에 와 있는 기분이었다.

　약속이라도 한 듯 사람들은 일제히 카메라를 들어 셔터를 누르기 시작했다. 열기구에서는 안전을 위해 이동을 제한하는데 누군가는 자리를 옮겨가며 더 좋은 사진을 찍기 위해 열심이었다. 누가 더 멋진 사진을 찍는지 겨루기라도 하는 것처럼. 왜 저렇게까지 사진에 집착할까 싶었지만, 나 또한 카메라를 쥐고 있었으니 무슨 변명을 할 수 있겠나.

　사진이 전하는 힘이 있다. 그러나 눈앞의 감동을 제대로 느끼지도 못하고 카메라에 담기에 급급한 것은 분명 좋은 여행이라 할 수 없었다.

진짜를 앞에 두고 렌즈를 통해 보이는 세상에 얽매여 있는 내가 어리석게 느껴졌다. 과감히 카메라를 내려놓았다.

욕심을 덜어내자 비로소 진정한 아름다움이 빛났다. 여명의 하늘과 그 아래에서 일찌감치 도시를 여는 사람들, 키스를 나누는 노부부의 모습을 찬찬히 눈에 담았다.

여행을 하다보면 사진만 찍고 급하게 걸음을 옮기는 사람들을 보게 된다. 피사체를 카메라에 담고 급히 자리를 뜨는 그 모습이 마치 사냥꾼처럼 보이기도 한다.

왜 사진을 찍는지, 그 이유에 대해 한 번쯤 생각해볼 필요가 있다.

나만의 추억, 이야기가 담긴 사진을 찍고 싶다면 욕심의 렌즈를 벗겨내야 한다.

여행자의
순리

터키

이집트 다합*Dahab*에서 처음 만난 융 형님과 수경 누나는 여행의 매력을 한껏 느끼게 해준 나의 첫 버디*Buddy*이다. 버디란 2인 1조로 움직이는 스쿠버다이빙에서 서로의 장비와 상태를 체크해주는 생명줄이나 다름없는 존재다.

한국에서 의사로 일하다 지친 삶에 휴식을 주기 위해 세계 여행을 떠난 선남선녀 부부인 이들과의 첫 만남은 조금 특이했다.

우연히 같은 스쿠버다이빙 수업을 듣게 된 우리는 육지가 아닌 홍해의 아름다운 속살을 들여다보며 처음 만났다. 사람의 성격은 얼굴에 고스란히 묻어난다고 하던데, 온화한 눈빛과 따스한 미소를 지닌 이들 부부가 꼭 그랬다.

다이빙을 함께하며 언젠가 일정이 맞으면 자동차를 타고 터키 일주를 하자고 했는데, 그 말이 곧 현실이 될 줄이야.

우리는 터키의 옛 수도인 이스탄불*Istanbul*에서 자동차를 빌려 사프란볼루*Safranbolu*, 카파도키아*Cappadocia*, 안탈리아*Antalya*, 카쉬*Kas*를 거쳐 마지막 목적지인 파묵칼레*Pamukkale*에 이르기까지 수백 킬로미터를 여행했다.

아침 비행기를 타고 조지아로 넘어가는 부부를 배웅하기 위해 평소보다 일찍 잠에서 깼다.

약 2주간 형님, 누나와 함께 여행하고 수많은 대화를 주고받으면서 한 번도 이별을 언급한 적이 없었다. 이미 오랜 기간 여행하며 이별은 여행자의 순리라는 것을 알아버린 까닭일까. 길지 않게 작별 인사를 끝내며 우리의 터키 여행은 마침표를 찍었다.

2주간 함께 만들어간 터키 여행은 끝이 났지만, 우리의 인연은 결코 끝이 아니었다. 유럽 여행을 마치고 중남미를 여행하면서 융 형님과 수경 누나를 페루에서 한 번 더 만날 기회가 생겼다. 삼겹살에 맥주를 곁들여 먹으며 우리는 그간 각자의 여정을 풀어놓았다.

누군가 여행의 매력이 무엇이냐고 물어온다면 단 1초의 망설임도 없이 융 형님과 수경 누나를 떠올리며 '그 누구와도 친구가 될 수 있는 즐거운 기회'라고 답할 것이다.

노을을
보는 방법

그리스

빛보다는 그림자를, 낮보다는 밤을, 일출보다는 일몰을 사랑한다. 밝음이 주는 희망보다 어둠이 주는 쓸쓸함이 더 큰 공감과 위로가 되어주기 때문이다.

그런 이유로 여행을 하면서 노을 명소나 야경 명소는 빼놓지 않고 가는 편인데, 그리스 산토리니 *Santorini* 를 여행지에서 빼먹을 한 치의 이유가 없었다.

터키 남서부에 위치한 도시인 보드룸 *Bodrum* 에서 페리를 타고 코스 *Kos* 섬을 거쳐 산토리니에 도착했다.

울릉도 크기 정도 되는 산토리니는 크게 피라_Fira_ 마을과 이아_Oia_ 마을로 구분된다.

피라 마을이 활기 넘치고 여유 있는 분위기를 지니고 있다면, 이아 마을은 비교적 차분하고 아기자기한 느낌을 준다. 아마 대부분의 사람들이 산토리니를 떠올렸을 때 머릿속에 그려지는 새하얀 집들과 파란 지붕의 이미지는 이아의 모습이다.

이미 많은 사람이 이아의 유명한 일몰 장소에 자리를 잡고 있던 터라 한참을 헤매고 나서야 겨우 한쪽에 자리를 잡을 수 있었다.

남들보다 늦게 도착한 탓에 좋은 자리를 잡지는 못했지만 눈앞에 펼쳐진 탁 트인 전망과 만나는 순간 이곳에 자리를 잡기

우리는 왜 비슷한 삶을 살기 위해

애쓰는 것일까.

위해 흘린 땀방울이 아깝지 않았다. 그보다 더하다면 더한, 값 비싼 장면을 선물 받았으니 말이다.

노을은 언제 어디서 보든 그 모양과 느낌이 다르고, 심지어 같은 곳에서 바라보더라도 낯설고 새롭다. 시간이 흐르고 태양이 지면의 가두리와 입을 맞추며 하늘은 분홍색, 빨간색, 보라색으로 물들었다.

일몰 명소로 꼽히는 곳이라 시야 안에 많은 사람이 왔다 갔다 하는 것이 신경 쓰였지만, 시간이 지날수록 오히려 그들에게 관심이 갔다. 한 명 한 명 이 순간을 어떻게 느끼고, 어떻게 보내는지 관찰하다보니 재미있었다. 누군가는 사진을 찍으며 이 순간을 영원히 붙잡아두려 했고, 누군가는 멍하니 앉아 상념에 빠지기도 했으며, 또 다른 누군가는 친구 혹은 연인과 자신이 느끼고 있는 이 황홀감을 함께 공유하고 있었다.

언뜻 그런 생각이 스쳤다. 노을을 바라보는 방법조차 이렇게 다른데 우리는 왜 비슷한 삶을 살기 위해 애쓰는 것일까.

수학 문제와는 다르게 인생은 정석이라 불리는 방정식이 따로 없다. 1 더하기 1을 했는데 2가 아니라 0 혹은 −1이 나올 수도 있다. 어떻게 살아야만 제대로 된 삶이라고 말할 수도 없고,

죽고 나서야 그 정답이 무엇인지 알 수 있지 않을까.

그러나 적어도 내가 정답이라고 믿는 어떤 훌륭하고 이상적인 삶의 모습을 살아가기 위해 우리는 좌우명이나 신조를 삼는 것이 아닌가 싶다.

타인의 시선을 지나치게 의식하지 말자고 다짐하며 살아간다. 남의 시선을 의식하다보면 정작 해야 하고, 새겨두어야 할 것들을 놓쳐버리게 된다. 알고 보면 내게 그다지 관심이 없는 타인이었는데 말이다.

내 삶의 주인공은 나다.

울퉁불퉁하고 안개가 드리운 비포장도로일지라도 내가 택한 길을 걸어가겠다. 남들이 어떻게 평가하든 참고할 수는 있겠지만, 선택은 나의 몫이고 오로지 내게 주어진, 나의 시간이고 나의 삶이니까.

죽음 앞에서는
다 사소한 일이 될 거야

그리스

화가 머리끝까지 치밀었다. 문제는 아테네Athens에서 로마Roma로 이동하기 위해 공항에 도착해 체크인을 하는데 발생했다.

발급받은 전자티켓 바코드가 인식되지 않는다고 했다. 물론 일어날 수 있는 일이었지만 귀찮은 듯 고객을 대하는 직원의 태도에 꾸역꾸역 인내심을 발휘해 화를 억눌렀다.

몇 번의 수고로움을 감수한 뒤 전자티켓 문제를 해결했다. 빨리 공항에서 벗어나고 싶었다.
그러나 문제는 여기서 끝나지 않았다. 수하물 신청이 되어 있지 않아 추가 요금을 지불해야 한다고 했다. 수하물 가격이 항공권 가격보다 더 비쌌다. 이런 상황을 보고 배보다 배꼽이 더 크다고 하겠지. 저렴한 가격에 나온 저가항공 티켓 내용을 제대로 확인하지 않고 구매한 내 실수였다.

비행기 이륙 시간이 얼마 남지 않아 급하게 수하물을 위탁하고 체크인을 하기 위해 다시 줄을 섰다.

내 차례가 되었고, 전자티켓 문제로 은근한 신경전을 벌인 그 직원과 다시 마주해야 했다. 그렇지 않아도 예상치 못한 일들로 인해 일정은 꼬일 대로 꼬였고, 덩달아 기분도 꼬일 대로 꼬여 있었다. 그런 내게 직원은 기름을 부었다.

퉁명스럽게 근무 시간이 끝났다며 다시 줄을 서 옆 직원에게 수속을 밟으라고 말하는 직원. 한 손에는 전화기를 들고서…….

억눌려 있던 감정이 솟구쳐 직원에게 엉터리 욕을 쏟아냈다. 영어를 잘했더라면 욕이 아닌 직원의 잘못된 행동을 낱낱이 밝힐 수 있었을 텐데, 왜 영어 공부를 열심히 하지 않았을까 후회스러웠다.

결국 다른 직원이 다가와 먼저 수속을 밟게 해주었고, 화를 삭일 새도 없이 그대로 전력 질주해 비행기에 탑승할 수 있었다.

　좁은 이코노미 좌석이기에 더 그랬을까. 감정은 쉽게 가라앉지 않았다.

　이대로 기분을 망칠 수는 없어 마음을 진정시키기 위해 심호흡을 하는데 비행기가 심하게 요동쳤다. 흔들림이 얼마나 심했던지 승무원의 얼굴에도 당황한 기색이 역력했고, 옆에 앉은 아주머니는 기도를 하며 소리를 지를 정도였다. 아주머니처럼 소리는 지르지 않았지만, 두렵고 무서우면 소리도 나오지 않는다고 하지 않나. 등줄기에서 식은땀이 흘러내렸고, 불현듯 '혹시라도 사고가 나서 죽으면 어쩌지?' 하는 생각이 스치며 온몸이 뜨거워졌다.

　지금이 내게 주어진 삶의 끝이라면 영상으로나마 나를 남겨

두는 것이 가족을 위한 최선이 아닐까 싶어 한 손에 핸드폰을 꼭 움켜쥐었다. 방금 전까지 나를 좀먹고 있던 감정은 흔적도 없이 사라지고, 그저 살고 싶다는 마음만이 간절했다.

다행스럽게도 얼마 지나지 않아 비행기는 안정을 되찾았다.

핸드폰을 얼마나 세게 쥐었던지 손에 빨간 자국이 남아 있었다.

살다. 살아 있다. 그게 뭘까. 손바닥에 남은 핸드폰 자국을 보며 생각했다.

어떤 일이든, 어떤 감정이든 죽음 앞에서는 모두 사소한 일이 되었다. 그러니 혹시 당신이 지금 좌절해 있거나 감정의 소용돌이에서 빠져나오지 못하고 있다면 이 말을 한번 떠올려보는 것은 어떨까.

죽음 앞에서는 다 사소한 일이 될 거야.

비포 선라이즈를
따라서

오스트리아

기차를 타면 떠올리게 되는 로망이 있다. 낯선 사람을 만나 함께 여행을 떠나는 그런 영화 같은 떨림. 게다가 몸을 싣고 있는 기차가 유럽의 어느 아름다운 도시를 달리고 있다면, 가슴 한편에 간직하고 있던 운명의 짝을 만나기에 이보다 더 좋은 환경은 없을 것이다.

이쯤 되면 눈치채지 않았을까. 나는 영화 〈비포 선라이즈〉의 열렬한 팬이다.

오스트리아를 유럽 여행 일정에 넣은 이유가 오직 〈비포 선라이즈〉의 촬영지인 비엔나 Vienna에 가기 위해서였다면 내가 이

영화를 얼마나 사랑하는지 설명이 됐을 것 같다.

영화 〈비포 선라이즈〉는 서로 다른 목적지로 향하는 셀린과 제시가 기차 안에서 우연히 만나 하루 동안 함께 비엔나를 여행하는 내용을 담고 있다. 워낙 명작으로 꼽히기에 구구절절한 영화 소개보다는 한번쯤은 영화를 직접 보고 그 따뜻한 감성과 사랑을 느껴보기를 진심으로 바란다. 영화가 끝나고 나서도 두 남녀의 행동, 눈빛, 말투 하나하나 기억하게 될 것이다.

두 남녀가 함께 내렸던 비엔나 서역에서 시작해 그들의 발자취를 따라 걸었다. 미묘한 설렘이 시작되었던 ALT&NEU 레코드 숍과 성 슈테판 대성당St. Stephen's Cathedral, 알베르티나 박물관Albertina Museum 등 여러 곳을 다니며 영화 속 한 장면에 들어와 있는 기분이었다.

그러나 단연 최고는 극중 친구에게 전화를 거는 척하며 서로의 마음을 확인했던 카페 슈페를이었다. 카페 한쪽에 앉아 있자니 영화 속 주인공처럼 두 남녀의 마음에 조금 더 다가가게 된 듯했다.

우리는 열렬히 사랑하는, 사랑했던 사람에 대해 완전히 알고 있다는 착각에 빠지곤 한다. 하루, 이틀, 사흘, 나흘 함께하는 시간이 늘어날수록 오늘의 우리가 내일의 우리와 별반 다르지 않을 것 같다는 생각과 함께 감정이 식어버리기도 한다.

이런 내 모습을 발견했을 때 상대방이 먼저 이별을 고했다. 어리석게도 상대방보다도 누군가를 사랑한다는 그 오묘한 감정에 더 빠져 있던 게 아니었을까 고백해본다.

셀린과 제시는 이별을 앞둔 전날 밤, 어둠을 한껏 머금은 비엔나의 차가운 하늘 아래에서 대화를 나눈다.

> 너는 오래된 커플일수록 상대방의 반응을 예측할 수 있고, 이에 싫증을 느끼게 되고, 결국에는 싫어하게 될 거라고 했지만 내 생각은 반대야. 상대에 대해 완전히 알게 되었을 때 사랑에 빠질 것 같거든. 어떤 옷을 입는 것을 좋아하는지, 가르마는 어떻게 타는지, 그리고 이런 상황에서는 어떤 이야기를 할지 알게 되면 그제야 난 그 사람을 사랑하게 될 거야.

비록 영화 같은 로맨스는 아니더라도 여행을 하다보면 새롭게 만나게 되는 사람들이 있다. 그들은 때때로 삶 속에 스며들어 나의 취향을 만들어주기도 하고, 성격이 되기도 하며, 스쳐지나갈 수 있는 계절의 냄새가 되어주기도 한다.

곱씹어보았지만 쉬이 답이 나오지 않았고, 일주일간 몸담았던 비엔나를 떠나 잘츠부르크Salzburg로 향하는 열차 안에서 비로소 그 답을 알아냈다.

어쩌면 사랑은 네 번의 계절을 겪는 일일지도 모르겠다고.

포근한 봄처럼 살며시 다가와, 여름처럼 뜨겁게 타올랐다가, 이윽고 쓸쓸한 가을이 되어, 시린 겨울을 나는 일. 그렇게 네 번의 계절을 겪고 또 다음의 봄을 맞이하는 것.

매년 봄은 찾아오고 꽃은 피지만 우리는 우리가 겪었던 사계절을 매번 같은 색이었다고 말할 수는 없으니 말이다.

우연의 도시,
파리

프랑스

    치킨을 떠올리면 맥주가, 피자를 떠올리면 콜라가 생각나는 것처럼 하나의 관념이 다른 관념을 불러일으키는 현상을 연상이라고 한다.

    마찬가지로 어떤 도시를 떠올렸을 때 연상되는 키워드가 있기 마련이다. 로마의 콜로세움*Colosseum*, 인도의 타지마할*Taj Mahal*, 그리고 프랑스 파리*Paris*를 떠올리면 열 명 중 절반 이상은 에펠탑*Eiffel Tower*을 연상하지 않을까 싶다. 나 또한 그렇다.

    오스트리아에서 스위스, 스위스에서 다음 목적지는 프랑스였다.

극성수기를 맞이한 파리의 살벌한 물가를 피해 중심지에서 조금 벗어난 곳에 숙소를 잡았다. 최대한 경비를 아끼기 위해 오직 두 발로 며칠간 파리 이곳저곳을 여행했다.

세계에서 가장 아름다운 거리라고 일컬어지는 샹젤리제 *Champs-Élysées* 거리와 그 길 끝에 웅장하게 서 있는 개선문, 기대 이상의 감흥을 선사해준 에펠탑. 극성수기답게 루브르 박물관 *Louvre Museum*은 예약조차 불가능했지만, 대신 무료로 입장할 수 있는 부르델 박물관 *Bourdelle Museum*을 구경했다.

박물관 구경을 마치고 눈부신 조명이 켜진 에펠탑을 보기 위해 걷고 있는데, 어느 순간 대로변을 가득 채운 인파로 인해 한참을 제자리에 서 있어야 했다. 아무리 극성수기라 해도 해가

지려면 한참이나 남았는데 이토록 도로에 사람이 가득하다니 말문이 턱 막혔다.

생각해보니 오늘이 7월 14일이었다. 프랑스의 혁명 기념일. 혁명 기념일은 프랑스의 국경일로 그 의미가 남다르다. 프랑스 혁명 100주년 때 에펠탑을 세웠으며, 200주년 기념으로 루브르 박물관의 피라미드를 건설했고, 프랑스 삼색기를 상징하는 제트기가 하늘에서 국기를 그리며 대통령이 몸소 사열을 한다고 하니 프랑스 국민들에게 있어 혁명 기념일의 의미를 알 수 있다.

이날 행사의 하이라이트는 에펠탑을 배경으로 열리는 화려한 불꽃놀이.

불꽃놀이를 감상하기 위해 어둠이 깔리지 않은 낮 시간부터 도로까지 사람들로 가득 찬 것이었다. 명당을 잡기 위해 며칠 전부터 자리를 차지하는 사람도 있다고 하니 이제 막 불꽃놀이를 보러 온 나는 에펠탑의 자태를 볼 수 있는 것만으로도 감사해야 했다.

시간이 흐르고 밤이 서서히 무르익자 마침내 하늘을 수놓는 불꽃놀이가 시작되었다. 형형색색의 불꽃은 사람들의 함성에 힘입어 더욱 높고 아름답게 빛났으며 사람들은 하늘을 보며 낭만에 젖어들었다. 나는 핸드폰을 꺼내 파리에서 듣기 위해 아껴 두었던 체인스모커스의 'Paris'를 들으며 지금 이 순간을 완성시켰다.

We were staying in Paris

혁명 기념일 다음 날인 7월 15일, 프랑스 전역은 또다시 떠들썩했다.

어렸을 적이라 잘 기억나지 않지만 대한민국이 2002년 월드컵에서 4강에 진출했을 때의 열기가 꼭 이러했을까. 20년 만에 월드컵에서 우승을 차지한 프랑스는 축제 분위기였다. 도로 위에 늘어선 자동차들은 너 나 할 것 없이 경적을 울려댔고, 사람들은 국가를 부르며 행진을 이어갔다.

　미칠 듯이 즐거워하는 프랑스인들을 보고 있으니 프랑스에 머물고 있는 한국인인 나조차도 들뜨는 기분이었다.

　혁명 기념일의 불꽃놀이와 20년 만의 월드컵 우승. 파리에 머무는 동안 생각지도 못한 프랑스의 역사적 순간들과 함께 했다.

　파리를 떠올렸을 때 에펠탑이 아닌 로맨틱함이 연상되는 이유는 우연한 만남들이 있었기에 가능했다.

행복의 공식

포르투갈

스페인 바르셀로나*Barcelona*까지의 여정을 마치고 유럽 대륙
의 마지막 여행지를 앞두고 있었다.

포르투갈은 원래 계획에 있던 나라가 아니었으나 중남미로
넘어가는 항공권이 저렴해 일정에 넣게 되었다. 하지만 마냥 값
이 싸다고 하여 포르투갈을 결정하게 된 것은 아니다. 이집트
다합에서 만난 남건이 형의 한마디가 나의 포르투갈 여행을 부
추겼다. 형은 왜 그런 말을 했을까.

"기회가 된다면 포르투*Porto*에 가봐. 도시 자체가 감성적이고

너와 잘 어울리는 곳이니까."

　바르셀로나에서 포르투갈의 북부 도시인 포르투까지 비행기를 타면 2시간 남짓이 걸리지만, 형편상 조금이라도 비용을 아껴야 했기에 17시간에 달하는 버스를 타야 했다.

　찌뿌둥한 몸을 일으켜 포르투에 발을 딛는 순간 어디선가 기묘한 소리가 날아왔다.

　끼룩끼룩. 잠이 덜 깼나 싶어 두 눈을 비비고 기지개를 켜보았지만 잘못 본 것이 아니었다. 도시 한가운데에 갈매기라니. 저 멀리 샛노란 부리를 가진 갈매기가 지붕 위에 내려앉았다.

포르투는 화려했던 대항해 시절을 품고 있는 항구 도시이기에 도시 곳곳에서 쉽게 갈매기를 마주칠 수 있었다. 이 외에도 어느 곳을 가더라도 보이는 파란색 타일과 한껏 주름 잡힌 건물들, 밤이 되면 켜지는 황금빛 조명은 내가 포르투에 있다는 사실을 실감케 했다.

가난한 배낭여행자 신분이지만 포르투갈의 저렴한 물가 덕분에 포르투에 머무는 동안 하루도 빠짐없이 카페에 갔다.

숙소에서 나와 5분 정도를 걸어 골목 귀퉁이에 위치한 카페에 들어섰다. 직원은 내가 눈에 익었는지 처음 방문했을 때와는 다르게 반가운 표정으로 맞이해주었다. 곧이어 커피 한 잔과 포르투갈식 에그 타르트인 나타Nata가 나왔다.

황금빛의 달콤한 나타를 한 입 베어 문 뒤 쌉싸름한 커피 한 모금을 들이켜는 것. 이것이 바로 내가 포르투에서 배운 행복 공식이었다.
소소하지만 확실한 행복. 소확행이라는 말이 한때 유행처럼 번졌다. 에그 타르트, 커피 한 잔과 함께 곁들이는 약간의 여유. 나는 이 순간을 소확행이라 확신했다.

　괜스레 우울한 마음이 밀려들고, 스스로가 초라하게만 느껴지는 그런 날, 마음이 따뜻해질 수 있는 나만의 소확행을 하나쯤 가지고 있었으면 좋겠다. 이를테면 다이빙을 마치고 먹는 시원한 맥주 한 잔 속에, 길을 걷다 마주친 낯선 이의 따스한 미소 위에, 달콤한 나타 한 입과 커피 한 모금에 숨어 있는 소소하지만 확실한 행복처럼 추상적이고 거창한 것처럼 보이는 행복은 사실 보기보다 가까운 곳에 있을지도 모른다.

　요즘 당신을 괴롭히는 무언가가 당신의 삶을 계속해서 어둡게 칠하고 있다면 스스로에게 질문을 던져보는 것은 어떨까.

　정말 행복하지 않은 것인지, 가까운 곳에 존재하는 사소한 행복을 낚아채지 못하는 것인지.

여행과 일상,
그 사이 어딘가

사막 위에 떠 있는 우주를 보며 생각했다. 누군가가 그리
워질 때면 고개를 들어 달을 보면 되겠다고. 우리는 서로
다른 곳에 있지만 같은 달을 바라보고 있을 테니까.
나는 태양처럼 환하게 빛나지도, 눈에 띄지도 않지만 묵
묵하게 가리어진 길을 비춰주는, 달을 닮은 사람이 되고
싶다.
반짝이는 찰나가 아닌 은은하게 지속되는 그런 사람이
었으면 좋겠다.

여행의 타성을
극복하는 방법

브라질

　여행과 사랑은 닮았다. 이제 막 연애를 시작한 사람이라면 연인의 손을 잡는 일도, 상대방의 연락을 기다리는 일도, 서로의 사소한 것 하나하나 알아가는, 모든 것들이 즐거움이자 기쁨의 순간이 된다. 그러나 시간이 흐를수록 그 모든 것들이 어째서인지 당연시되고 지루해지게 될 때 우리는 그것을 권태라고 부른다.

　친구들에게 여행에도 권태가 존재한다는 말을 꺼냈더니 배부른 소리 하네, 라며 따끔한 말들이 돌아왔다. 그러나 정말 여행이 길어지면 여행과 일상을 구분 짓는 경계가 모호해지면서 여행이 일상이 되고, 일상이 여행이 되는 신기한 경험을 하게 된다.

누군가는 어떻게 매일 바뀌는 여행 속에서 지루함을 느낄 수 있는지 의문을 가질 수도 있다. 그러나 밝히고자 하는 점은 매일 사람이 바뀌고, 풍경도, 자는 곳도 바뀌지만 상황이 아닌 여행 자체에 실증을 느끼게 된다는 것이다.

유럽 여행을 마치고 남미 대륙으로 이동했다. 첫 여행지는 남미에서도 치안이 좋지 않기로 악명 높은 브라질 리우데자네 이루*Rio de Janeiro*.

그나마 상대적으로 치안이 낫다고 알려진 코파카바나 해변 *Copacabana Beach* 근처 저렴한 숙소를 예약했다.
지금껏 여행하면서 수없이 많은 숙소를 경험했지만 이곳만큼 특이한 숙소를 본 적이 없다. 거의 모든 투숙객이 리우에 거주하는 사람들이었으며 짧게는 3개월, 길게는 1년 이상 장기 투숙객까지 다양했다.

며칠 뒤, 느지막이 일어나 정신을 차리기 위해 콩알 크기의 알약 두 알을 삼켰다. 이틀 전 매서운 바람을 맞으며 했던 서핑이 감기몸살로 돌아왔다. 긴 여행으로 말미암아 마음은 지쳐 있

었고 몸까지 아프니 아무것도 하고 싶지 않았다.

여행 기간 동안 몇 번의 타성을 겪었지만 이토록 짙은 타성
은 처음이었다.

다음 여행지인 상파울루Sāo Paulo를 포기하고 리우에서 조금
더 머물며 밀린 블로그 글을 써내려가기로 했다. 신기하게도 글
을 쓰며 지나온 시간들을 하나씩 들춰내다보니 끈질기게 덤벼
들던 타성이 조금씩 떨어져나갔다.

일상이 되어버린 여행이, 지금 이 순간이 얼마나 소중한 기
회인지를 되새기게 되었고, 내 삶이 얼마나 풍부해지고 있는지
알게 되었다. 다시금 여행을 떠날 의욕이, 생기가 돌았다.

여행이, 지금 이 순간이 얼마나

소중한 기회인지를 되새기게 되었고,

내 삶이 얼마나 풍부해지고 있는지 알게 되었다.

개인적으로 여행의 타성을 극복할 수 있는 가장 좋은 방법은 꾸준히 할 수 있는 무언가를 갖는 것이라 생각한다.

보통 사람의 감정을 느슨하게 만드는 순간은 주로 붕 떠 있는 시간에 찾아온다. 그럴 때마다 꾸준히 할 수 있는 어떤 것이 있다면 마냥 흘려버릴 수 있는 그 시간을 더 가치 있게 채워나갈 수 있다.

18일간 머물렀던 리우를 떠나기 3일 전, 소파에 앉아 글을 적고 있는데 누군가 다가와 말을 걸었다. 룸메이트인 루이스 아저씨와 마찬가지로 리우에서 6개월 동안 장기 투숙 중인 아주머니였다.

그녀의 첫인상을 잊지 못한다. 소파 한쪽을 차지하고 앉아 체크인하는 나를 바라보는 그녀는 누가 보더라도 이곳의 터줏대감이었다. 만남과 이별에 대응하는 그녀만의 방법인지 그녀는 며칠 머물다 가는 단기 투숙객에게는 전혀 관심을 주지 않았다. 가끔씩 그녀와 늦은 시간까지 소파에 앉아 있곤 했는데, 가끔 내가 먹을거리를 건네면 옅은 미소를 띠며 괜찮다고 할 뿐 긴 대화를 나눠본 적이 없었다.

그런 그녀가 먼저 다가와 말을 걸었다.

"잭, 내가 만든 파이 좀 먹어봐."

내가 받은 것은 파이보다 따뜻하고 포근한 마음이었다. 고맙다는 말과 함께 벌꿀처럼 반들거리는 파이를 입에 넣었고, 파이는 예상대로 촉촉하고 달콤했다.

리우를 떠나는 내게 샌드위치를 만들어준 루이스 아저씨와 브라질 국기를 선물해준 마르.

나는 참 운이 좋은 사람이다. 악명 높은 리우에서 마음을 나눈 사람들을 만났으니 말이다.

여행자로서 리우에 왔지만 잠시나마 이들의 삶 속에 스며들 수 있어 감사하고 행복했다.

세상에서
가장 아름다운 감탄사

아르헨티나

때때로 자연은 아름다움뿐만 아니라 경외감을 느끼게 한다.

열두 개의 폭포가 한곳을 바라보며 80미터 아래로 떨어졌다. 정말 놀라운 광경과 마주하게 되면 어떤 반응을 하게 될까. 그 앞에 서면 어떤 소리도 나오지 않는다는 사실을 확인했다.

브라질과 아르헨티나, 파라과이에 걸쳐 있는 이구아수 폭포 *Iguazu Falls*의 하이라이트인 악마의 목구멍은 자연 앞에서 인간이 얼마나 연약하고 작은 존재인지를 여실히 느끼게 했다.

세계적인 베스트셀러 소설가이자 철학자인 알랭 드 보통의 말에 따르면 매력적인 장소는 보통 언어의 영역에서 우리가 능력이 부족하다는 사실을 일깨워준다고 한다. 그런 의미에서 이 구아수 폭포는 나를 언어의 결핍을 가진 무능력자로 만들었다.

어떤 단어로 이 풍경을 표현할 수 있을까. 한참을 고민해보았지만 마땅한 단어가 떠오르지 않았다. 언젠가 그의 책에서 읽은 숭고하다는 말을 감히 꺼내어 붙여보기로 했다.

의무가 이끄는
여행

아르헨티나

아르헨티나 남부, 모레노 빙하를 품고 있는 엘 칼라파테 *El Calafate* 에서 버스를 타고 약 3시간을 이동해 도착한 엘 찬텐 *El Chanten* 은 마을이 손바닥에 모두 담길 정도로 아담한 곳이다.

마을은 동화 속에나 나올 법하게 귀여운 얼굴을 하고 있지만 방심해서는 안 된다. 매섭게 달려드는 바람 때문에 제대로 몸을 가누기조차 힘든 곳이기 때문이다.

엘 찬텐은 날씨가 좋은 성수기인 12월부터 3월 사이에 관광객들로 활기가 넘치고, 이를 제외한 기간에는 한적한 분위기의

시골 마을이 된다고 한다. 그 말을 증명하듯 비수기에 도착한 엘 찬텐은 날씨도 좋지 않고, 볼거리도 크게 없었다.

그럼에도 내가 애써 이곳을 찾은 이유는 세계 5대 미봉 중 하나로 불리는 피츠로이Fitzroy에 오르기 위해서였다. 특히 일출 시간에 맞춰 트래킹을 떠나면 피츠로이 봉우리가 붉게 물드는, 태양에 빛나는 봉우리의 모습이 꼭 고구마 같다고 해서 지어진 일명 불타는 고구마의 자태를 볼 수 있다고 했다. 아르헨티나까지 와서 이런 장관을 놓칠 수 없었다.

강풍을 뚫고 숙소에 짐을 풀었다. 시계는 밤 9시를 가리켰다. 내일 새벽 4시 언저리에 트래킹을 시작해야 하는 빠듯한 일정을 소화하기 위해 만반의 준비를 마치고 억지로 눈을 감았다.

어스름한 새벽, 알람이 울리기도 전에 누군가 창문을 두드리는 소리에 잠에서 깼다. 머물고 있는 방은 2층에 위치하고 있어 창문을 두드릴 리가 없는데 이상했다.

계속해서 창문을 두드리는 이는 누군가가 아닌 소란스러운 바람이었다. 창문으로 다가가 바깥을 살펴보는데 비까지 쏟아지다니. 조금 있으면 트래킹 일정을 떠나야 하는데 설상가상이었다.

숙소에서 대기하며 상황이 나아지기를 기다리기로 했다. 그러나 애석하게도 시간이 지날수록 바람은 거세지고 이에 질세라 비는 더욱 세차게 내리쳤다.
일출은 고사하고 밖에 나가기조차 엄두가 나지 않는 상황. 이번 트래킹은 포기하는 수밖에 없었다.

그렇게 기대하던 트래킹이었건만 이상하게도 포기하고 나니 마음이 한결 편해졌다. 계획했던 트래킹에 실패했는데 안도의 마음이 들다니. 집 떠난 지 수백 일 만에 드디어 미쳐버린 것일까.

사실 피츠로이는 꽤 부담이 되는 일정이었다. 며칠 전 발톱을 짧게 깎은 탓에 엄지발가락 주변이 심하게 부어올랐고, 피츠로이 봉우리 주변으로 가는 길이 어려워 길을 잃는 사람들이 빈번히 발생했다. 무엇보다 가장 중요한 날씨가 따라주지 않아 심적으로 큰 압박감을 느껴왔다. 엘 찬텐은 의무감 때문에 계획에 넣게 된 곳이었다.

'아르헨티나까지 왔는데 세계 5대 미봉에 올라봐야 하지 않겠어? 지금이 아니면 또 언제 해보겠어?' 하는 의무감. 돌이켜 보면 여행을 떠나기 전에도 이러한 의무감 때문에 원치 않는 상황으로 나를 이끈 적이 있었다.

모든 사람에게 좋은 사람으로 기억되고 싶어 뚜렷하게 거절
도 하지 못하고, 내 감정을 감추어야만 했던 순간들. 그렇게 나
의 진심과 감정을 재단해서 돌아온 것은 상처와 관계에 대한 실
증이었다.

혹여나 진심 아닌 진심을 주었던 사람들과 관계가 지속되더
라도 그것이 어떤 의미가 있을까. 만에 하나 운이 좋게 내가 피
츠로이에 올랐더라도 그게 과연 어떤 의미가 있었을까.

때로는 의무감으로 인해 억지로 쥐고 있던 것을 놓았을 때
우리는 한층 더 성장하게 되는지도 모른다.
포기에도 용기가 필요한 법이니까.

가장 이상한 여행지,
우유니 소금 사막

볼리비아

때로는 현실적인 조언 몇 마디보다 책에 담긴 한 구절이 마음을 움직이기도 한다.

스무 살 적 우연히 읽게 된 책에서 '세계에서 가장 큰 거울'이라는 말과 함께 도저히 이 세상의 풍경이라고 믿을 수 없는 사진 한 장을 보게 되었다. 그 이후로 죽기 전에 꼭 그곳에 가보고 말겠다는 마음을 품었는데, 어느새 시간이 흘러 사진 속 풍경을 향해 가고 있었다.

칠레 북부에 위치한 아타카마Atacama라는 작은 마을에서 우유니 *Uyuni* 소금 사막 투어를 시작했다. 투어는 2박 3일간 평균 해발 3,680미터에 달하는 광활한 사막을 달리며 볼리비아로 넘어가는 일정이었다.

우유니 소금 사막에서 보내는 첫날 밤, 다음 날 새벽부터 일찍 일정을 시작해야 하기에 일찍 잠에 들려 했지만 잠이 오지 않았다. 피곤했는지 코를 골며 자는 팀원들이 깨지 않게 조심스럽게 밖으로 나왔다.

바람 소리 외에는 어떤 소리도 섞이지 않은 고독한 사막 위에는 우주가 있었다. 눈을 가리는 그 어떤 간섭도 없이 수만 개의 별과 은하수, 별똥별이 하늘을 수놓았다. 살면서 본 풍경 중 가히 가장 아름다운 장면이라고 말할 수 있을 정도로 인상적이었다.

다음 날, 몽둥이로 머리를 때리는 듯한 두통에 아침도 먹지 못하고 침대에서 혼자 사투를 벌였다.

문제는 고산병이었다. 그러나 옆에서 나보다 더 심하게 고산병이 온 팀원이 아파하고 있었기에 티를 내지 못하고 끙끙대며 침대에서 최대한 안정을 취했다.

트럭은 또다시 황량한 사막 위를 내달렸고, 제대로 잠을 이루지 못한 탓에 차에서나마 잠시라도 눈을 붙이고 싶었지만 지진이라도 난 듯 덜컹거리는 차 안에서 잠을 자기란 욕심이었다. 그뿐만 아니라 미세한 모래 입자는 탄도 미사일이라도 된 듯 닫힌 창문 빈틈을 파고들어 기관지를 무차별적으로 공격했다.

우유니 소금 사막 투어를 하는 데 있어 가장 힘든 점은 추운 날씨도, 허름한 숙소도, 고산병도 아니었다. 긴 시간 덜컹거리는 차에 몸을 맡기는 일이었다.

투어 마지막 날, 마침내 그토록 바랐던 곳에 도착했다. 세계에서 가장 큰 거울 앞에 섰다.

이 풍경을 보기 위해 얼마나 고생을 했던가. 다행히 고산 증세도 많이 호전되었다. 물이 차 있는 새하얀 소금 사막 위에 파스텔 톤 하늘이 반사되어 마치 하늘 위에 서 있는 듯한 착각을 불러일으키는 곳.

　다만 사진 속 풍경과 차이가 있다면 우기가 아닌 탓에 비가 내리지 않아 물이 없다는 점이었다. 우유니 소금 사막에 물이 없다는 말은 곧 팥 없는 찐빵, 치즈 없는 피자를 의미했다.

　아쉬운 마음이 없었다면 거짓말이겠지만, 스무 살 적 내 가슴을 떨리게 한 장소에 있다는 사실만으로도 충분히 행복했다.

　여행에는 즐거움만이 기다리고 있지는 않다. 원하는 여행지에 가기 위해서는 수고스럽더라도 낯설고 복잡한 길을 가야 할 때도 있고, 그 과정 속에서 어떤 위험과 변수가 도사리고 있을지 예측할 수 없을 때도 있다.

　그리고 이 모든 과정을 거쳐 원하는 장소에 도착했다 하더

좋은 여행을 위해서는

여행도, 사람도 완벽하지 않고

내 뜻대로 이루어지지 않을 수 있음을

인정해야 한다.

라도 날씨가 좋지 않거나, 일행과 마찰이 생긴다면 기대로 가득 찼던 여행이 실망으로 돌아오기도 한다.

그럼에도 불구하고 여행을 떠나는 이유는 단 한 가지, 여행에는 그것들을 감수하더라도 떠날 만한 가치가 있다.

좋은 여행을 위해 가장 먼저 지녀야 할 마음가짐은 여행도, 사람도 완벽하지 않고 내 뜻대로 이루어지지 않을 수 있음을 인정하는 것이다.

쿠스코의
고장 난 시계

페루

시간은 항상 일정하게 흐를까? 글쎄, 하며 고개가 저어진다. 사랑하는 사람과 함께하는 1시간과 불편하고 어색한 사람과 함께하는 1시간은 60분으로 같다고는 하지만 심리적으로 느끼는 시간의 길이는 결코 같지 않을 것이다.

그런 의미에서 잉카 *Inca*의 심장이라 불리는 페루 쿠스코 *Cuzco*에서 보낸 11일은 한 번의 덜컹거림도 없이 부드럽게 흘렀다.

여행자들은 쿠스코를 그저 마추픽추 *Machu Picchu*로 가기 위한 관문 정도로 여기지만, 사실 나는 마추픽추보다 쿠스코라는 도시가 더 마음에 들었다. 평화롭고 아름다운 아르마스 광장 *Plaza* *de Armas*과 그 안의 사람들, 매일같이 스타벅스에 가서 글을 쓰는 일상과, 해가 지면 펼쳐지는 낭만적인 야경까지. 이곳을 사랑하지 않을 이유가 도무지 떠오르지 않았다.

어젯밤부터 내리기 시작한 비는 다음 날이 되어서야 그쳤다. 비가 그치고 아르마스 광장에 있는 벤치에 앉아 사람들을 구경하며 이소라의 6집 앨범 〈눈썹달〉에 수록된 노래들을 무작위로 재생했다.

쿠스코에 있는 동안 하루도 거르지 않고 아르마스 광장에 왔지만, 어쩐지 오늘은 평소와 다르게 마음이 하늘거렸다. 이소라의 구슬픈 목소리를 들어서였을까. 그게 아니라면 몇 시간 뒤

정들었던 이 도시를 떠나야 하기 때문이었을까.

아직 빗물이 다 마르지 않은 쿠스코의 투박한 거리를 거닐며 그간 추억이 담긴 장소를 다시 찾아갔다. 이상하게 지금 이곳에 서 있으면서도 벌써부터 그리운 마음이 들었다.

여행을 하며 숱한 이별을 경험했지만 언제나 나는 늘 이별 앞에서 아마추어였다.

이별해야 할 대상은 사람에게만 국한되지 않았다. 정들었던 도시나 아름다운 풍경, 자주 가던 카페에서 마시던 씁쓸한 커피마저도 내게 힘든 이별의 대상이 되었다.

스무 살 적에는 이별 뒤에 오는 아픔을 피하기 위해 만남조차 꺼리며 마음을 닫는 방어기제를 펼쳤는데, 지금은 매 순간을 소중히 하려 노력한다. 결국 흘러가는 것이라면 흐르는 모든 순간에 진심을 다하는 것이 아쉬움을 남기지 않는 방법이니까.

넘어지고
또 넘어지고 나면

에콰도르

에콰도르 과야킬(Guayaquil)에서 하루를 보낸 뒤 도착한 몬타니타(Montanita).

전 세계 히피들의 성지인 몬타니타는 에콰도르 서부에 위치한 작은 해변 마을로 서양인들에게는 많이 알려진 곳이지만 동양인들에게는 거의 알려져 있지 않은 보물 같은 여행지다. 때문에 나는 이곳에서 단연 눈에 띄는 이방인이었다.
마을에 대한 정보도 많지 않은데도 몬타니타에 온 이유는 단 한 가지, 바로 서핑을 하기에 더없이 좋은 조건을 갖춘 곳이기 때문이다.

아침 일찍부터 서핑을 배우기 위해 눈곱도 떼지 않은 채 해변으로 향했다. 황혼의 시간, 낙엽 빛으로 물드는 하늘, 그 아래에서 파도를 타는 다부진 체격의 남자. 내가 바라는 몬타니타에서의 서핑은 이러했다.

하지만 현실을 너무 간과했다. 흐린 날씨로 인한 잿빛 하늘 아래 우스꽝스럽게 자꾸만 물속으로 고꾸라지는 한 사람. 그 사람이 바로 나였다.

서핑 선생님인 안토니오는 또 한 번 제대로 물을 먹은 내게 차근차근 파도 타는 법을 가르쳐주었다. 바닷물이 가슴 높이까지 닿는 위치까지 걸어간 뒤 적당한 파도가 오기를 기다렸다.

그러다 알맞은 파도가 보이면 서핑보드에 배를 깔고 누워 팔로 열심히 패들링을 하고, 보드 위에 올라 파도를 타면 되었다. 그렇게 하면 되는데, 그게 마음처럼 쉽게 되지 않았다.

안토니오의 특강에도 불구하고 무던히 넘어지고 또 넘어졌다. 몇 번의 파도를 만나 실패를 거듭하고 나서야 내 키보다 훨씬 큰 파도가 다가왔을 때, 기어이 두 발로 서빙보드 위에 우뚝 섰다. 비록 상상했던 멋진 모습은 아니었지만, 넘어지는 법을 통해 일어서는 법을 배운 순간이었다.

파도 위 서핑보드에서 양팔을 이리저리 휘저으며 중심이 흐트러지지 않도록 애쓰며 해변까지 밀려가고 있었다.

안토니오는 해변에 도착한 나를 큰 환호로 맞이했다. 몇 십 번의 실패가 있었지만 단 한 번, 마침내 부드럽게 파도에 몸을 실은 그 순간 온몸에 전율이 돌고 짜릿한 기분에 신이 났다.

"이것 봐. 안토니오. 내가 결국 해냈다고!"

한 번의 성공을 이루기까지 무수한 실패가 있기 마련이다. 서핑보드에 올라 파도를 타기 전까지 수없이 물을 먹고, 파도에 휩쓸려 허우적대야 했던 것처럼.

어쩌면 한 번의 성공보다 성공에 가까워지기까지 겪은 여러 차례의 실패가 더 값진 건 아닐까. 그런 의미로 실패 또한 '겪었다'가 아니라 '해냈다'라는 말이 어울릴지도 모르겠다.

당신이 몇 번의 실패를 경험했다고 해서 결코 좌절하지 않았으면 한다. 실패가 있었다는 건 적어도 도전했다는 증거일 테니까.

11월 22일

쿠바

　인도와 쿠바만큼이나 호불호가 심하게 갈리는 나라가 또 있을까.

　여행자와 현지인이 사용하는 화폐가 다르고, 높은 물가와 제대로 갖춰지지 않은 인프라, 지정된 장소에서만 사용 가능한 인터넷, 그마저도 인터넷 카드를 구매해야 하는, 이 모든 불편함을 감수해야 하는 곳이 바로 쿠바다. 또한 그 불편함을 다른 말로 자유라고도 한다.

　약 2주간의 일정을 마치고 콜롬비아 보고타*Bogota*에서 이륙한 비행기는 한참을 날아 쿠바에 착륙했다.

아바나_Habana_에 도착해 택시를 타고 시내로 향했다. 가만히 있어도 땀이 비 오듯 흘러내리는 푹푹 찌는 날씨인데, 사람들 사이에 끼어 끈적거리는 피부를 맞대며 가기란 여간 괴로운 일이 아니었다. 아바나 공항에서 시내까지 가는 택시비가 정해져 있어 택시 기사는 최대한 많은 사람을 태우려 하기에 비좁게 끼어 가더라도 어쩔 수 없었다.

언제 마지막으로 작동했던지 에어컨은 뿌옇게 먼지가 쌓였고, 창문 틈 사이로 들어오는 바람은 후텁지근한 탓에 아무런 도움이 되지 못했다.

한국인들이 많이 가는 숙소 중 하나인 요반나 아주머니 까사_Casa_에 체크인을 했다.

까사에 들어서자 커다란 태극기와 여행자들의 흔적이 담긴 정보북이 벽 한편을 차지하고 있었다. 배낭을 내려놓고 정보북을 읽어보았다. 쿠바에서는 인터넷을 이용하기가 제한적이기에 여행자들은 숙소에 있는 정보북을 이용해 다양한 정보와 팁을 얻는다. 손바닥만 한 핸드폰 하나면 모든 것이 해결되는 세상에서 손때와 정성이 가득 담긴 정보북을 읽는 일, 이게 바로 쿠바 여행의 진정한 묘미가 아닐까?

다음 날, 거실 의자에 앉아 커피를 마시며 하루 일정을 계획하는데 느닷없이 소나기가 내렸다. 굵직한 빗방울은 아바나의

열기를 누그러뜨렸다.

　'비가 그치면 체 게바라의 얼굴이 박혀 있는 혁명광장에 다녀와야겠다. 저녁에는 헤밍웨이가 즐겨 찾았다던 술집에 가서 한 잔에 5쿡이나 하는 모히토를 주문하며 사치를 부려야지.'

　아바나에 밤이 내려앉고, 헤밍웨이의 단골 술집인 라 보데기타 델 메디오*La Bodeguita Del Medio*로 걸음을 옮겼다.
　가게 내부는 물론이고 야외까지 가득 찬 손님으로 이곳의 명성을 실감했다. 북적거리는 사람들 사이로 비집고 들어가 모히토 한 잔을 주문하자 연로한 주인은 능숙한 솜씨로 칵테일 한 잔을 완성해 건네주었다. 40도에 달하는 쿠바산 럼에 탄산수를 섞어 라임과 애플민트로 가득 채운 모히토는 특별한 기교나 레시피가 있지 않았지만 클래식한 맛에서 오는 기품이 흠뻑 담겨 있었다.

특별한 일이 없는 한 여행 중에 술을 마시지 않는 편인데 오늘만큼은 이대로 하루를 보내기가 아쉬웠다.

오늘은 한국을 떠나 여행을 시작한 지 딱 1년이 되는 날이었다. 커다란 배낭을 등에 메고 가슴 한쪽에 커다란 꿈을 품고 있는 1년 전 내가 그려졌다.

여행길에 오르기 전과 비교해 분명 많은 것이 달라졌다. 세계 곳곳에 마음을 나눈 친구들이 생겼고, 세상을 살아가는 데 다양한 방법과 이유가 있다는 사실도 알게 되었다.

여행을 떠나지 않았더라면, 더 넓은 세상을 들여다보지 못했더라면 내 안에 얼마나 다채로운 표정이 숨어 있는지 알지 못한 채 우물 안이 내 삶의 전부라고 착각하며 살았을 것이다. 1년이라는 시간 동안 여행은 어떠한 형태로든 나를 변화시켰고, 나는 그 변화의 폭만큼 성장했다.

내 삶의 가장 빛나는 순간의 시작을 알린 1년 전의 나를 위해 살룻*Salud*!

쿠바를
닮은 사람

쿠바

알록달록한 건물이 줄지어 있어 쿠바에서 가장 화려한 도시라고 불리는 트리니다드_Trinidad_로부터 남부에 위치한 히론_Giron_. 히론으로 이동하기 위해 택시와 버스 중 무엇을 타야 하나 한참을 고민하다 가격이 조금 더 저렴한 버스를 택했다. 인터넷 카드를 구매하지 않아 버스 시간을 확인하지 못했지만, 운이 좋게도 출발 시간 5분을 남기고 버스에 탑승했다.

트리니다드에서 3시간을 달려 도착한 작은 바다 마을 히론은 듣던 대로 손에 움켜쥘 수 있을 만큼 작고 향토적인 분위기가 곳곳에 묻어 있었다. 무엇보다 차량이 거의 다니지 않아 다른

도시에서는 느낄 수 없던 상쾌한 공기를 한껏 들이마실 수 있다
는 점이 가장 마음에 들었다.

요반나 아주머니 까사에서 만나 동행하게 된 형님과 함께
숙소 호스트가 알려준 해변에서 스노클링 장비를 빌려 해파리
마냥 바다를 유영했다. 한참을 놀다가 몸에 묻은 소금기를 털어
내고 노을을 보기 위해 부지런히 움직였다. 시간 가는 줄도 모
르고 해변에서 너무 오랜 시간을 보냈나보다.

뷰 포인트로 이동하는데 벌써 저 멀리서 해가 지고 있었다.
조급한 마음과 빨리 두 눈에 노을을 담아야 한다는 생각에 무언

이 순간을 위해 행복이라는 말을

아껴둔 것이 아닐까.

가에 홀린 듯 노을이 지는 곳으로 걸었다. 원래 노을을 보기로 했던 뷰 포인트와는 반대의 장소로 말이다.

다음 날, 형님과 함께 근처에 있는 푼타 페르디즈 해변*Punta Perdiz Beach*으로 당일치기 여행을 떠났다.
히론에서 약 30분 정도 버스를 타고 도착한 푼타 페르디즈 는 일정 비용을 지불하면 식사와 바, 부대시설 등을 무제한으로 이용할 수 있는 올 인 클루시브 해변이다.

입장과 동시에 바로 달려가 보드카 베이스의 칵테일을 주문 했다. 음료를 들고 그늘이 잘 드리워진 나무 아래에 선베드를 깔고 누웠다. 우리는 지금 우리에게 주어진 행복에 대해 이야기

하기도 하고, 여유 없던 일상에 대해 이야기하기도 했다. 그러다 태양빛에 피부가 그을릴 때면 지체 없이 에메랄드빛 바다로 몸을 내던졌다.

'아, 나는 분명 지금 이 순간을 사무치게 그리워하게 되겠구나.'

이 순간을 위해 행복이라는 말을 아껴둔 것이 아닐까 하는 생각이 들었다.

쿠바가 여행자를 대하는 방식이 퍽 마음에 들었다. 자신에 대한 정보를 쉽게 내어주지 않으며, 편의와는 거리가 먼, 그래서 날것 그대로의 여행을 즐길 수 있는 곳.

내 스스로 평가하긴 조금 쑥스럽기도 하지만 휴대폰 메모장보다 손으로 적는 노트가 훨씬 편하고, 속마음을 쉽게 내보이지 않지만 나를 진심으로 대하는 사람에겐 아름다운 노을과 바다를 비춰주는 그런 사람. 그런 의미에서 나는 쿠바와 조금 비슷하지 않을까.

쉼표를 주는 도시,
와하카

멕시코

쿠바 여행을 마치고 멕시코 유카탄 반도에 위치한, 천국을 닮은 섬이라는 칸쿤 *Cancun* 에 도착했다.

저가 항공의 불편한 좌석에서 막 벗어난 나를 가장 먼저 맞이한 건 환영의 말과 함께 꽃으로 엮은 목걸이를 걸어주는 현지인과는 정반대였다. 공항 카트를 이용하려면 5달러를 내놓으라는 괘씸한 공항 직원이었다.

첫 단추를 잘못 끼운 탓이었을까. 칸쿤에서 머무는 동안 별것 아닌 일에도 기분이 삐뚤게 휘었다. 가난한 배낭여행자에게

굳이 무언가를 하려 애쓰지 않아도 된다.

는 사치와 같은 호텔 지역에 있는 카리브*Carib* 해와 높은 물가, 손바닥만 한 구멍이 뚫려 있는 모기장, 숨이 넘어갈 듯 코를 곯아대는 투숙객까지.

이 모든 것을 두고 칸쿤을 과연 천국이라 부를 수 있을지 아니, 내가 이곳에 어울리지 않는 불청객인가 싶기도 했다. 이곳에서 며칠 더 머무른다 하더라도 큰 의미는 없겠다는 생각이 들어 과감히 모든 일정을 포기하기로 했다.

칸쿤을 뒤로한 채 버스를 타고 팔렝케*Palenque* 를 거쳐 멕시코에서 가장 멕시코다운 곳이라는 도시에 도착했다.

이성을 대면했을 때 첫눈에 반하는 시간은 단 몇 초도 걸리지 않는다고 하는데 3초, 어쩌면 그보다 더욱 짧은 찰나에 나는 이곳과 사랑에 빠졌던 걸지도 모른다.

누군가는 '오악사카', 누군가는 '오아하카'라고도 부르는 이 도시는 일반적으로 와하카*Oaxaca* 라는 이름으로 불리는 것 같았다.
크리스마스를 앞두고 발걸음을 옮길 때마다 크리스마스 꽃이라 불리는 붉은 포인세티아가 눈맞춤을 건넸다.

와하카에 여행을 간다면 굳이 무언가를 하려 애쓰지 않아도 된다고 조언하고 싶다. 낮에는 마음에 드는 카페에 들어가

시원한 커피 한 잔을, 저녁에는 취향에 맞는 바에 들어가 멕시코의 전통 술인 메스칼이 들어간 독한 칵테일 한 잔을 마시면 그것만으로도 충분하니 굳이 꽉꽉 채운 일정에 자신을 맞추려 애쓰지 말라고 당부하고 싶다.

1년이 넘은 여행 후반부, 긴 여행으로 쌓인 피로감과 함께 칸쿤에서 겪은 일련의 사건들로 인해 지친 마음에 쉼을 주기 위해 한인 민박에 체크인을 했다.

며칠 동안 숙소 거실에 앉아 밀린 블로그 글을 써내려갔다. 다른 투숙객들과 어울리지도 않고 홀로 거실에 앉아 노트북만 두드렸다.

한번은 노을이 예쁘다며 함께 보러 가자는 친구들의 성화에 옥상으로 향했다. 불규칙하게 조각된 구름은 바람을 타고 서서히 지평선으로 흘렀다. 그 장면을 멍하니 바라보다가 무언가에 홀린 사람처럼 눈을 감고 사색에 빠졌다.

고백하자면 며칠 전부터 하루에도 수십 번씩 감정이 요동쳤다. 영원할 것만 같았던 여행이 마침표를 향해 가고 있다는 사실을 받아들이기 어려웠을 뿐더러 한국으로 돌아간 이후의 삶에 대한 막연한 두려움이 크고 작게 두려움으로 몰려왔다. 괜찮

을 거라며 스스로를 토닥이며 때로는 외면해봐도 불안한 감정
은 몸집을 불려 더욱 선명하게 돌아왔다.

  '그래. 어차피 돌아가야 하는 거라면 쿨하게 마지막을 껴안
아주겠어.'

  눈을 떴다. 일렁이던 마음이 저 멀리 능선을 향해 흐르는 구
름에 실려 사라지고 있었다.

언제든지
떠날 수 있도록

세상에 영원한 것이 없어서 참 다행이다.
여행의 즐거움도, 이별의 아픔도, 관계에 대한 실망도
영원하지 않다.
그래서 우리는 또다시 배낭을 메고, 사랑을 말하고, 만
남을 시작할 수 있다.
당신을 가슴 졸이게 하는 것들, 불편한 관계, 마음을 베
는 듯한 고통 또한 끝이 있음을 잊지 않았으면 한다.
그리고 언제든 그곳을 떠날 수 있도록 가슴 한편에 배낭
하나를 품고 살았으면 좋겠다.

운명적인
하루

미국

멕시코시티*Mexico City*에서 출발한 비행기는 5시간의 비행 끝에 경유지인 미국 샌프란시스코*San Francisco*에 도착했다.

기장의 노련한 비행 덕분에 비행기는 부드럽게 활주로에 착륙했지만, 나는 안절부절못하며 발을 동동 굴렀다. 샌프란시스코에서의 경유 시간이 고작 1시간도 채 되지 않았기 때문이다.

위탁한 수하물을 찾고 처음부터 다시 체크인을 해야 하는 미국의 특성상 사실 1시간 내로 경유하기란 불가능에 가까웠다.

그렇다고 손을 놓고 있을 수만은 없었다. 경비를 다 써버린 탓에 한국으로 가는 이번 비행기를 놓치면 국제 미아 신세가 될 것이 분명했다.

비행기가 연착되기를 바라며 끝까지 희망을 잃지 않고 공항을 뛰어다녔다.

그러나 짧은 시간에 까다로운 입국 심사를 통과하기란 어려웠고, 샌프란시스코의 맑은 날씨는 비행기 연착을 허락하지 않았다.

한숨밖에 나오지 않았다. 여행을 시작한 지 수백 일이 지나 결국 여행자 신분에서 국제 미아로 전락하고 마는 것일까.

조마조마해 하며 쿵쿵 뛰던 심장 박동도 조금씩 한국으로 갈 수 없다는 사실을 인정하듯 안정되었다. 세상을 잃은 표정으로 경유 구간에 있는 공항 직원에게 다가가 상황을 설명했다.

허무함과 허탈함에 마음을 놓고 나니 이상하게 담담해졌다. 그러나 예상치 못한 상황에서 일어나기에 행운이라고 하지 않나. 직원은 내일 같은 시간에 떠나는 비행기 티켓을 발권해주겠다고 했다. 이게 무슨 일인가.

그녀의 침착한 태도에서 미루어보아 나와 같은 일이 다분히 발생한다는 것을 알 수 있었다. 나는 그녀에게 돈이 다 떨어져서 잠을 이룰 곳이 없다고 말했다. 그러자 그녀는 30분 동안 누군가와 분주하게 전화 통화를 하더니 환한 미소와 함께 1박에 180달러나 하는 호텔 바우처와 20달러짜리 바우처를 내게 건넸다.

나는 지금 천사 앞에 서 있는 것일까. 천사가 있다면 샌프란시스코 공항의 어느 차가운 책상 앞에 앉아 있다고 말할 것이다.

근사한 호텔 전용 셔틀을 타고 바우처에 적힌 호텔로 향했다. 꼬질꼬질한 배낭과 옷차림의 나는 고급스러운 호텔 로비와 어울리지 않는 모습이었지만, 그만큼 이곳에서 가장 행복한 하루를 보낼 수 있는 사람임에 틀림없었다.

예약된 방에 들어서자 여태껏 경험한 적 없었던, 과하게 커다란 침대와 넓은 욕조, 커다란 창문 너머로 보기만 해도 가슴이 뻥 뚫리는 풍경이 담겨 있었다.

피로가 절로 가셨다. 여행 내내 8인실 아니면 16인실 숙소만 이용하다가 호텔을 이용하게 될 줄이야. 긴 여행을 무사히 마무리한 내게 주는 선물 같았다.

뽀얗고 보들보들한 침대 품에서 마지막 하루를 보내는 것도 낭만적인 여행의 엔딩이겠지만, 그간의 여정에 대한 예의가 아니라는 생각이 들었다.

샌프란시스코에서의 체류 시간이 반나절도 채 남지 않았지만 무작정 밖으로 걸음을 옮겼다.

고즈넉한 거리를 걷다가 표지판 하나를 발견했다. 브로드웨이*Broadway*. 텔레비전에서 봤던 맨허튼*Manhattan*의 화려한 브로드웨이와는 다소 차이가 있었지만, 개인적으로 이곳이 더 마음에 들었다.

도시에 어둑하게 밤이 내려앉자 근처에 있는 펍에 들어가 좋아하는 잭콕 한 잔을 주문했다. 별 탈 없이 세계 여행을 졸업하는 데에 대한 축하주였다.

예상치 못한 미국에서의 하루를 운명이라고 부르며, 오늘만큼은 내게 주어진 호화로움에 흠뻑 빠져들기로 했다.

몇 시간 전 샌프란시스코 공항에서 땀을 뻘뻘 흘리던 모습을 회상하니 웃음이 났다. 마지막까지 어떤 이야기가 펼쳐질지 알 수 없는 것이 정말이지 여행답다며 옅은 미소와 함께 칵테일을 한 모금 삼켰다.

이 밤도, 이 도시도, 칵테일도 모두 달았다.

우리 비행기는
곧 인천에 착륙하겠습니다

대한민국

비행기가 난기류를 만나 흔들리는 바람에 급히 잠에서 깼으나 얼마 지나지 않아 안전벨트를 매야 한다는 천장의 불이 꺼지고 비행기는 안정을 되찾았다. 잠이 완전히 달아나 버려 영화도 보고, 음악도 들으며 하늘 위에서의 남은 시간을 채워갔다.

그렇게 얼마만큼의 시간이 흘렀을까. 승무원들이 돌아다니며 승객들에게 창문 커버를 올려 달라고 말했다. 사람들은 하나 둘씩 창문 커버를 올렸고, 곧이어 안내 방송이 나왔다.

"승객 여러분, 우리 비행기는 곧 인천에 착륙하겠습니다."

미국에서 한국으로 향하는 13시간의 비행이 곧 있으면 끝난다. 403일 간의 세계 여행도 이제 정말 끝.

고개를 돌려 창문 밖으로 시선을 돌렸다. 저 멀리, 한겨울이지만 온기가 느껴지는 대한민국 땅이 보였다.

'내가 사는 나라가 이토록 아름다웠구나.'

비행기는 랜딩 기어를 펴고 착륙을 준비했다.
이어폰을 꽂고 볼륨을 최대한 높여 프라이머리의 〈The open boat〉를 재생했다. 한국에 돌아가는 날 꼭 이 노래와 함께 여행을 마무리해야겠다고 아껴둔 곡이었다.

어쩌면 이 여정이 끝나지 않기만을 바라서
불안한 우리의 이 순간들도 밤이 지나듯 사라질 거야
멈추지 말고 계속 나아가자
I'll be there with you touch the sky

인천공항에서 친구들을 만나 집으로 향했다. 내 방은 그대로
였고, 아빠의 얼굴에 살이 조금 붙은 것을 제외하고는 아무것도
달라진 게 없었다.

아빠는 내가 세계 여행을 떠났던 그날 아침처럼 갓 지은 밥
과 구수한 된장찌개, 내가 좋아하는 반찬들로 식탁을 가득 채워
주었다.

이 모든 게 실제일까 싶어 팔을 꼬집었다. 진짜였다. 김이 모락모락 피어나는 된장찌개 한 입에 온몸이 사르르 녹아내렸다. 작년 겨울, 부푼 마음을 안고 떠난 이후로 정말 네 번의 계절이 바뀌어 있었다.

떠나는 이유는 돌아오기 위함이다.

라는 말처럼 제자리로 돌아왔고, 끝나지 않을 것만 같던 기나긴 여행도 마침표를 찍었다. 앞으로는 매번 귀찮게 새로운 숙소를 예약하지 않아도 되었고, 돈을 아끼기 위해 수십 시간의 야간 버스를 타거나 목이 다 늘어나 추레해진 옷을 입지 않아도 되었다.

평생에 한 번, 간절히 소원했던 꿈을 이룸에 대한 기쁨과 후련함에서 아직 헤어 나오지 못했지만, 예상치 못한 감정이 불쑥 튀어나와 옆구리를 쿡쿡 찔렀다.

공허함. 꿈을 이뤘다는 말은 동시에 소중한 그것의 상실을 의미했다. 꿈이란 내 삶의 전부이자 지도와 같은 역할을 해왔다. 극한의 시련과 짙은 고독이 들러붙어도 꿋꿋하게 걸을 수 있었던 이유는 모두 꿈 덕분이었다.

세계 여행을 잘 마치고 돌아왔지만 어쩐지 삶이라는 여행지에서 길을 잃은 듯한 기분이 들었다.

그러나 다행인 것은 예전과 다르게 이제는 더 이상 내 앞에 놓인 불확실한 길이 두렵지 않다는 사실이었다. 지도를 손에 쥐지 않고 있다는 말은 거꾸로 생각해보면 어디로든 갈 수 있다는 말이기도 하니까.

스멀스멀 올라오는 공허함을 쓰다듬으며 여행을 정리했다.

그리고 여행을 준비했다. 내 삶의 여행은 지금부터가 진짜 시작이다.

내 삶의 여행은

지금부터가 진짜 시작이다.

배낭의 부재

대한민국

한국에 돌아온 지 5개월 하고도 며칠이 더 지났다.

긴 여행을 마치고 돌아온 누군가는 여행 후유증에 빠져 일상으로의 복귀가 고통스럽다고 말한다. 하지만 내 삶은 잔잔했다.

일상으로 돌아와 바닥에 딱 붙어 있는 통장 잔고를 채우기 위해 술집에서 아르바이트를 하기도 하고, 미래 계획을 세워보기도 했다.

여행을 떠나기 전까지만 하더라도 세계 여행을 다녀오면 꼭 대단한 사람이 되어 있을 것만 같았는데 어쩐지 여행 전과 후의 모습은 크게 달라진 것이 없어 보였다.

　쉬는 날 저녁, 자주 가던 술집에서 친구들과 약속을 가졌다.
　깔끔하게 정돈된 머리카락, 단정하게 차려 입은 옷, 익숙한 술집에서 나누는 술잔과 대화는 불과 얼마 전까지 내가 과연 세상을 떠돌던 사람이 맞는지 착각이 들게 했다.

　친구들과 즐거운 시간을 마치고 택시비를 아끼기 위해 버스 막차를 타고 집으로 돌아왔다.
　왁자지껄했던 시간이 지나고, 조용한 방에 들어서자 마음속 깊이 허전함이 몰려왔다. 괜찮다고 생각했는데 취기가 올라서인지, 어둑한 밤이어서인지 복합적인 감정들이 소용돌이쳤다.

　방 한쪽에 놓여 있는 물건으로 시선이 갔다. 모든 것이 제자리로 돌아왔지만 딱 한 가지, 풀지 못한 배낭만큼은 여행 때의 모습 그대로였다.

배낭을 풀면 정말 여행이 끝났다는 것을 인정해야만 할 것 같았다. 그렇지만 오늘이 아니면 배낭을 정리하는 데 또다시 엄청난 용기를 내야 할 것 같았기에 마침내 수없이 여미었던 배낭을 들춰냈다.

배낭 안에 담겨 있는 것은 짐뿐만이 아니었다. 크고 작은 물건 하나하나마다 403일간 세계를 유랑했던 흔적들이 묻어 있었다.

여행의 흔적들을 배낭 밖에서도 종종 마주칠 수 있었다. 여행 중 사용했던 선크림 냄새를 맡았을 때, 뉴스에서 여행한 나라의 이름을 들었을 때, 여행지에서 들었던 노래를 듣게 되었을 때와 같이 예상치 못한 순간들. 이러한 순간들은 때때로 잔잔한 내 일상에 짙은 파동을 일으켰다.

문득 다행이지 싶었다. 비록 더 이상 겉모습은 여행자가 아니지만 나에겐 403일간 세계를 여행했던 기억의 파편들이 존재하고, 그때의 추억을 잊지 않고 행복하게 살아갈 수 있을 테니까.

앞으로 매 순간을 여행자의 마음으로 살아갈 테다.

어느 공간에 얽매이지 않고 언제든 떠날 수 있는 사람. 지구라는 행성, 그 작은 행성 속 대한민국이라는 나라를 잠시 머물다 떠나는 경유지라고 생각한다면 나를 짓누르는 압박과 고민들이 조금은 가볍게 느껴지겠지.

우리, 언젠가 길 위에서 만날 수 있기를 소망한다. 그리고 그날이 온다면 반갑게 눈인사를 주고받았으면 한다.

우리는 멋진 여행을 할 수 있을 것이다.

꿈, 그 너머의 이야기

세계 여행을 떠나기 전 여행 자금을 모으기 위해 쉴 새 없이 달리고 있는데, 함께 일하던 동생이 물었다.

"세계 여행을 다녀오면 그 다음은 뭐예요?"

동생은 자신이 던진 물음의 무게를 알지 못했겠지. 사소했던 동생의 질문은 내 마음속에 크고 단단하게 아로새겨져 머릿속을 떠나지 않았다.

웃기지만 사실 나는 여행을 하다가 죽을 줄 알았다. 동생의 질문에 명쾌한 답을 내놓지 못한 채 수년이 흘렀다.

한국으로 돌아온 뒤 출간이라는 꿈을 품고 글을 쓰기 시작했다. 출간이라고 하면 꼭 성공한 사람의 부산물처럼 느껴지지만 나는 결코 성공한 사람도, 대단한 사람도 아니다. 그저 불확실한 길을 걷고 있는 사람들에게 나 또한 해냈으니 당신도 해낼

수 있다고, 포기하지 말고 꿋꿋하게 걷는다면 길의 종착지에는
꿈을 만날 수 있을 거라는 말을 전해주고 싶었다.

오랜 시간 글을 쓰며 가장 고통스러웠던 건 부족한 필력도,
현실이 주는 무언의 압박도 아니었다. '과연 내 글이 책으로 나
올 수 있을까?' 하는 끝없는 의심과 불안이었다. 그러나 뭉근하
게 써내려간 이 글을 당신이 읽게 되었다는 것은 마침내 그 꿈
이 이루어졌다는 뜻이겠다.
이제는 수년 전에 받은 질문에 대한 답을 할 수 있겠다.

세계 여행, 그 다음은 새로운 꿈을 위한 도전이다.

여행을 하며 마주친 모든 인연들과 이 책이 세상 밖으로 나오
기까지 응원과 격려를 보내준 주변 동료들, 친구들, 그리고 사랑
하는 엄마, 아빠, 동생에게 진심으로 감사의 마음을 전하고 싶다.

지구 좀 다녀오겠습니다

펴낸날   초판 1쇄 2021년 1월 26일

지은이   이중현

펴낸이   강진수
편집팀   김은숙, 김도연
디자인   임수현

인 쇄   ㈜우진코니티

펴낸곳   (주)북스고   **출판등록**   제2017-000136호 2017년 11월 23일
주 소   서울시 중구 서소문로 116 유원빌딩 1511호
전 화   (02) 6403-0042   **팩 스**   (02) 6499-1053

ISBN   979-11-89612-88-7   03810

책 출간을 원하시는 분은 이메일 booksgo@naver.com로 간단한 개요와 취지, 연락처 등을 보내주세요.
Booksgo는 건강하고 행복한 삶을 위한 가치 있는 콘텐츠를 만듭니다.